행복한 바보의 고백

행복한 바보의
고백

선원 아내의 수기 1987년의 기록

임봉남, 김상용 지음

맑은샘

| 선원 아내의 수기 1987년_행복한 바보의 10년 사랑 |

창호지 문틈으로 비치는 달빛은 너무나 아름다웠다.

감나무 그림자가 방문 앞에 섰고, 문틈 사이로 보이는 헛간 초과 위엔 하얀 박꽃이 달님과 마주하고 문학소녀임을 자처하던 나는 마루로 나와 앉았다. 나 혼자만 감상해야 하는 이 밤을 방해하는 희미한 불빛 아래채, 새언니 방에서 새어 나오는 TV에서 비치는 빛 아래 동네 조무래기들이 새언니 방에다 구멍을 뚫고 외화에 심취되어 있었다.

하루 이틀, 사흘 무심히 넘겨버린 시간 속에 새언니가 불쌍하게 보이기 시작했고, 언니보다 먼저 일어나 재를 치우고 밥을 짓기 시작하면서 이다음 시집가면 뱃사람을 만나지 말아야지, 왜 무엇 때문에 남편의 부모, 형제들에게 헌신하면서 남편도 없는 시집살이를 해야 하는지 그때는 새언니가 이해되지 않았다.

나는 언니가 바보라고 생각하면서도 오빠가 벌어다 주는 돈으로 공부를 했다. 그 당시 시골에서 오빠처럼 돈을 많이 버는 사람도 드물었는데, 왜 그렇게 언니가 불쌍하게 생각되었던지, 나이가 들면서 언니 같은 바보는 되지 않는다고 다짐, 또 다짐하면서 24살이 되고 7월 무더위 속에 내 앞에 나타난 한 남자, 그는 뱃사람이었고, 바보 같은 짓 안 한다는 나는 바보가 되고 말았다.

그이가 내게 선물한 작은 일기장과 십자가 목걸이로 우리는 연결되고, 뱃사람은 아들 하나로 만족하시려는 어머님이었지만 많은 어려움 속에서 우리는 다음 해 1월 시골의 작은 성당에서 결혼식을 올렸고, 나는 뱃사람의 바보 아내가 되어서 행복했었다.

육남 일녀의 다섯 번째 며느리가 된 나에게 그는 형제들이 자라면서 있었던 이야기며 처음 바다로 나갔던 이야기로 내 눈시울을 적시게 했다. 결혼 한 달 만에 임신은 그이나 나나 모두 기쁜 줄도 모르고 너무 빠르다는 생각 속에 배는 불러오고 가끔 오는 그이가 태동을 듣고 기뻐하는 가운데 우리 첫 딸 소영이가 태어났다. 까만 눈에 소영이는 인형처럼 눈썹이 길고 눈이 큰 아이였다.

그이는 소영이를 무척이나 좋아했고, 시어머님 앞에서 미안해서 어쩔 줄 모르는 나의 눈짓을 아랑곳하지 않고 마냥 아이만 좋아라. 안고 있어서 난처할 때가 많았다.

워낙 알뜰한 그였기에 결혼 전에 돈도 조금 모아놓았고, 국내선이지만 기관장으로 다녔기 때문에 생활에 궁핍함은 없었지만, 오빠의 선상 생활을 너무 잘 알기에 여유가 있는 중에도 우리 소영이는 집에서 가까운 모자보건센터에서 태어났다. 시집올 때 친정어머니께서 뱃사람은 발등에 물이 떨어지면 돈이 떨어지니까 있을 때 아껴 쓰라고 하신 말씀이 그냥 지나칠 말이 아니라고 명심했기 때문이다.

내가 소영이를 출산할 때 다행히 그는 내 곁에 있었고, 나의 아픔을 나누어주고 위로하며 이제 다시 아기 낳으라고 안 할 터이니 참으라고 했다. 지금도 그때 그이의 얼굴을 생각하면 웃음이 절로 나오는 것은 마치 자기가 산모 같았기 때문이다.

소아과 전문의가 없는 곳에서 태어난 소영이는 첫 아이라 경험 없는 엄마 때문에 심장 판막이라는 것도 모르고 한 달이 지났다. 젖이 나오는데도 빨지 못하며 호흡이 곤란해지고 울음소리가 작아지더니 우유를 빨지 못했다. 밤새 큰 황소울음 같은 소리로 앓는 아이를 업고 병원에 갔더니 심장 판막이라 한다. 하늘이 무너지는 아픔과 놀람 속에서 혼자서 어떻게 해야 할지 몰랐다.

"아줌마 아기를 잃을지도 모른다."라는 의사의 말과 그의 얼굴이 뒤범벅되어 혼란스러웠다. 왜 내가 뱃사람의 아내가 되었던가. 나 혼자 어떡하라고 의료보험이 안 되는 입원비는 엄청났다. 의사는 퇴원을 원했지만, 산소호흡기만 거두면 곧 생명이 끊어지는 어린 생명을 업고 나올 용기도 없고, 그이가 오시기만 기다리는 동안 아이는 차도가 있었다.

그 뒤부터 우유병에 작은 구멍을 뚫고 한 번 하고 젖꼭지를 떼고 두 번 하고 젖꼭지를 떼면서 먹이지 않으면 토했다. 다시 입원해야 했고,

의료보험이 되지 않아 아이를 얻고 구호병원을 찾았다.

그때 진찰권을 얻기 위해 암남동 산기슭까지 가야 했는데 급한 마음에 기저귀 가방도 가지고 가지 않은 상태에서 아기가 똥을 쌌다. 아기 저고리로 기저귀를 대신하고 내 윗도리를 벗어 아기를 감싸 안았다. 겨우 진찰권을 얻어 산에서 내려오는데 왜 그렇게 눈물이 나며 어깨가 아픈지, 오직 그이가 힘들여 번 돈을 할 수만 있다면 쓰지 않아야 한다는 생각뿐이었다. 200원에 엑스레이를 찍고 진찰을 하고 입원 허락을 받았다.

그 당시 하루 입원비가 1천 원도 안 된다고 했는데, 입원실이 없어 다시 아동병원에서 폐렴 치료를 하면서부터 소영이는 아동병원과 집을 왔다 갔다 하면서도 남들처럼 잘 커 주었다.

백과사전에 보니 심장에 동공이 생긴 상태에서도 80세까지 건강하게 사는 사람도 있고, 100명 중 50명은 자연 치료가 된다고 했기에 또래보다 큰 소영이는 괜찮겠지, 하고 자연 치료에 기대를 걸었다.

엎친 데 덮친 격이라고 그이가 실직하게 되고 모아둔 돈은 병원비와 생활비로 다 쓰게 되고 빚까지 지게 되었다. 아빠가 계시는데 갑자기 소영이가 열이 나기 시작해서 병원에 갔더니 뇌막염 진단이 나왔다.

양손과 발목을 침대에 묶어놓고 보낸 일주일, 너무 아파하는 딸 앞에서 우리 부부는 아무것도 해줄 수 없고 함께 밤을 새워 줄 수도 없는 중환자실에서 아이는 숨이 금방이라도 넘어갈 것 같은 거친 호흡을 산소호흡기에 의존하여 버텨주고 있는데 옆 침대에서 어린 생명의 죽음을 보았다. 뇌막염으로 지체의 부자유가 된 아이들을 대하며 순간순간을 넘기기란 나 자신이 너무 어린 엄마였다.

"주여 거두어 가시려거든 이 어린 생명 더는 고통 주지 마시고 거두어 가소서"라고 기도하며 아이의 힘들어하는 것을 차마 볼 수 없어 눈길을 창밖으로 주었을 때 잔디밭에 앉아 울고 있는 그를 볼 수 있었다.

아이가 살아야 우리 부부도 살 수 있다는 가슴 깊은 곳에서의 진실이 뜨거운 눈물을 흐르게 하면서 20일이 지나고 아이는 산소호흡기를 떼고 퇴원했지만, 그이는 1년 하고도 수개월을 쉬게 되었다.

지금 생각하면 그때 그이가 함께 있었기에 우리 소영이를 키울 수 있었을 것이다.

이별, 우리의 이별은 남들처럼 아쉬워하고 슬퍼할 여유도 없이 취직되었다는 기쁨으로 시작되었다. 긴 실업 끝에 승선이기에 어쩌면 안도감까지 주었다.

아빠와의 이별도 모르는 소영이가 비행장의 에스컬레이터를 신기해하고 마냥 뛰어다닐 그때 나는 둘째를 임신했다. 그이는 '유리'라는 이름을 지어주고 갔다. 언제 누가 보아도 '유리처럼 맑은 마음 가지고 자라라'고 하지만 나는 꼭 아들 낳을 것 같은데, 딸 이름 지어주는 그에게 마음속으로 '두고 보자. 당신 떠나고 아들 낳아 멋진 이름 지어줄 테다.' 했는데 딸을 낳았다.

혼자서 출산하고 나니 딸이라서 울고 그이가 보고 싶어 울고 그렇게 몇 날을 울었다. 첫째 소영이가 유리를 귀여워하면서도 아빠를 찾았고, 우리 모녀는 많이 울며 보낸 날들 속에 그에게 전화가 왔다.

"유리 건강하냐고….”
소영이의 울음소리에 가슴 아파하던 그이에게 유리를 울려서 시원하고 큰 울음소리를 들려주었다. 아들이 아니라서 서운한 마음보다 건강하다는 것이 더없이 기쁜 우리는 1년 6개월 만에 만날 수 있었다.

| 목차 |

제2부

남편의 편지

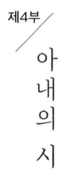

제3부

아내의 편지

제4부

아내의 시

섬 / 숟가락 / 통영 / 여행 / 앨범 / 게으름 1 / 게으름 2 / 강가의 풀 / 머리숱 / 석양 / 0시 / 꽃이 진다 / 오지 않는 벗 1 / 오지 않는 벗 2 / 기다림 1 / 기다림 2 / 팔불출 / 아버지 / 선인장꽃 / 우리엄마 DNA / 테스 형 / 돋보기 / 재명이에게 / 분홍 꽃 / 친구 1 / 친구 2 / 대식이 간 날 / 커피 / 바람 / 그리움 1 / 그리움 2 / 봄 / 찰나의 행복 / 낙화 1 / 낙화 2 / 낙화 3 / 청춘 / 가랑비 / 가랑비와 이슬비 / 사랑 / 내 손자 희원이 / 행복 / 중앙시장 / 세월 / 내 사람 / 빼떼기죽 / 모기 / 머리에 안경 낀 여자 / 오독오독 / 만남 1일 전 / 세월 / 현우를 보내고 / 궂은 날씨 / 비와 엄마 / 기도 / 엄마 / 중보기도 / 이사야 45장 7절 / 냄새 / 생명 / 탁기 / 삶 1 / 마음 / 목사님 / 삶 2 고난주간 / 8월 20일 / 12월 11일 / 근심·염려 / 허물 / 가짜 1 / 가짜 2

1부 아내의 일기

첫 번째 일기

그이가 귀국하고 지난번 낸시 여사가 심장병 어린이들을 데리고 간 후 여기서도 심장병 어린이들을 돕자는 열풍이 불기 시작했다.

MBC TV에 생방송 된 프로를 보면서 그이도 나도 울었다.

부모로서 무능한 나 자신이 밉지만 '소영이는 그래도 좋아지겠지!' 하는 자신감 때문일까? 선뜻 어느 단체에 가입 못 하고 있었다. 누구의 도움보다는 우리는 젊은 부모니까 우리의 힘으로 아이를 키우고 싶었다.

내가 이렇게 일기를 쓸 즈음 KBS 추적 60분이란 프로에 '현정이의 죽음'이란 프로로 심장병을 방송했고, 내가 KBS 앞으로 보내려고 쓴 편지를 지금 보면 내가 어떻게 이런 글을 쓸 용기가 있었을까? 지금도 부끄러워 못 옮길 글을 우리는 젊었기에 보내지 못하고, 수년간 일기장 속에 두고 찢어버리지 못함은, 한때는 비참하도록 어렵고 힘들었던 날들이 있었음을 기억하며 살고 싶어서일 것이다.

1년이면 하는 연가를 6개월 연장을 해도 빚은 갚지 못하고 그이는 다시 바다로 나갔다.

원수 놈의 비

그이가 떠나고 우리는 언제나처럼 시댁으로 향했다. 늙으신 부모님을 도와드리고 생활비도 줄이기 위해 나는 그이가 마시고 자란 공기를 마음껏 호흡할 수 있다는 것이 행복했고, 아이들에게 아빠가 뛰놀던 곳에서 자라게 하는 것이 큰 즐거움이었다.

그이가 심어둔 나무와 많은 이야기를 나누며 내게는 시집살이의 어려움보다는 빚을 조금 더 빨리 갚을 수 있다는 것이 위안이 되었다.

일이 힘들고 마음이 상할 때마다 바다를 바라보았다. 바다 저쪽에서 고기 잡는 작은 배를 보며 그이를 생각했다. 딸이 둘이나 되는 나이에 배에서 3기사를 하고 있으니 얼마나 어려울까, '참고 견디자 그이가 참고 견디는 것 같이' 낮에 힘든 노동은 그이를 생각할 여유도 없이 수면 부족으로 새벽을 맞이하게 되는 생활 속에 사흘 밤을 계속 그이를 만난 5월 억수같이 쏟아지는 비는 바람을 몰고 왔다. 폭풍주의보로 바다가 거세기만 한 날에 그이가 입항했다는 전화가 왔다.

배로 50분이면 도착하는 부산을 5시간 반이나 걸리는 버스로 와야 하는 악조건 속에도 그를 만난다는 기쁨으로 버스에 오르니 그사이 옷에서 물이 흘러 내린다. 아이들 옷을 갈아입히고 나도 치마를 갈아입고서야 의자에 앉을 수 있었다.

지루하고 긴 시간이 지나고 집에 도착하니 그이는 없고 울산에 있단다. 회사에 전화하니 5시 통선이 마지막으로 출항한다고 "아줌마 가도 못 만나니 가지 마세요." 걱정스러운 회사직원의 음성을 뒤로하고 다시 울산을 향해 달려 터미널에 도착하니 20분 전이었다.

택시를 타고 5시까지 장생포 통선장에 도착해야 한다고 사정했더니 아저씨는 고맙게도 쌍라이트를 켜주었고, 얼마인지 좀 남았을 거스름돈을 받지 않고 바다 쪽을 보는 순간 철조망 너머 배가 뜨고 있었다.

마지막으로 비닐봉지를 들고 발을 옮겨놓는 남자 그는 분명 그이었다.

"소영 아빠! 유리 아빠!" 뒤를 돌아본 그의 얼굴은 붉어져 있었고, 배는 잠시 시동을 멈췄다. "뭐 하러 왔노.", "미안해요."더 할 말이 떠오르지 않았다.

멍하니 바라만 보고 있는 나에게 "집에 가면 편지 갈 테니 보지 말고 찢어버리라."라고 한마디하고는 철조망을 넘어가 버렸다. 누군가 그를 내게로 다시 보내주었지만 1시간 후면 배가 이리로 지나갈 것이라는 말을 남기고 다시 등을 돌렸다.

축 처진 어깨, 벨트도 하지 않고 끈으로 동여맨 작업복, 멀어져 가는 뒷모습을 보며 안타까워하는 마음을 모르겠다는 듯 이쪽으로 얼굴 한 번 돌려주지 않은 채 멀어져 가버렸다.

3분, 아니 2분, 이 시간을 위해 그 먼 길을 달려왔던 것인가 억울하고 분했다.

'이 망할 놈의 비야. 석 달 열흘 내리지 왜 그치니, 누구를 위해 누구 때문에 그 고생스러운 시골 생활을 했는지….' 화가 났다. 친정에 간 것도 아니고, 자기 집에서 자기 부모를 모시고 살다가 망할 놈의 비 때문에만 못 왔는데…….

1시간이 넘어 내 시야에 A.C.E이라는 배의 끝 자가 보이고 철모를 쓴 남자들이 내게로 손을 흔들어주고 있었다. 그이를 찾았지만 찾을 수 없었고, 배를 따라, 갈 수 있는 곳까지 가며 손을 흔들었지만 바다가 미웠다. 두 딸의 얼굴만 아니라면 장생포 바다에 뛰어들 것 같은 마음을 달래며 딸들의 음성이라도 들어야 마음이 안정될 것 같았기에 우체국에 갔다.

거울 속에 비친 나의 모습은 초라하다 못해 몰골 그대로였다.

전화를 신청하니 여직원이 "아줌마, 아저씨 못 만났어요?" 하면서 신청 용지를 내민다….

그이가 이곳에서 부산에 있는 언니 집, 형님 집 돌아가며 전화 신청하며 여기 있었던 것이다. 안타까워하는 여직원과 마주하니 뜨거운 눈물이 흐르는 것을 막을 수가 없었다. 버스를 기다리는 나를 대리점 직원들이 동정 어린 눈으로 쳐다보며 손을 흔들어주었지만, 바다, 비, 배, 그이 모두 미웠다.

언제 바람이 불었느냐고 청명한 날에 도착하게 된 그의 글편지.

남편의 울분

봉남이 보아라.

울산에 입항하여 너에게 몇 마디 좀 해야 하겠다.

내가 출국하기 전에 이 배가 가끔 한국에 온다고 분명히 이야기했는데 네가 한 행동은 이해할 수가 없다. 집에 간 것까지는 좋은데 왜 회사에 무슨 연락 취할 것을 말하지 않고 갔는지 너라는 여자는 그런 여자인지 언니 집이나 형님 집에 연락해 달라고 부탁할 수도 있지 않으냐.

내가 무슨 사고를 당해 위급하다고 해도 회사에서 무슨 연락할 때가 있는가, 네가 내게 편지했던 모든 말들이 하나도 믿기가 어렵다.

이 불쌍한 김상용, 필리핀 곳곳마다 갈 때 너보다 예쁜 여자들이 끈질기게 따라다니며 유혹해도 너만을 생각한다고 무진 애를 써가면서 참아왔는데, 너라는 사람은 회사의 연락처 한 곳도 해놓지 않고, 내가 무슨 사고를 당해도 모른다는 식의 너.

여태껏 너만 믿고 살아온 내가 불쌍하게 여겨진다. 네가 내게 그렇게 관심이 없는 여자인 것을 생각하면 이번 일은 용서할 수가 없다. 지금 출항하면 1년 후에야 보겠지. 이제 보고 싶지도 않다. 너희 거짓말 같은 편지 보내지 말고 하지도 말아라.

편지도 찢어버릴 테니까. 차라리 이번에 울산 오지 않고 네가 그런 여자인 줄 알았으면 모든 것을 참을 수 있겠지. 이번에 선원 가족 중에 안 온 것은 너뿐이다. 2기사는 집이 제주도인데도 왔는데…. 옆에 있다면 욕이라도 실컷 해주겠는데 지면으로 쓰기 싫다. 편지하지 마라.

보지 말라는, 보지 말라는 편지를 보고 난 후의 후회, 그이가 이해도 되면서도 화가 났다.

이제 다시 시집살이 하나 봐라. 정말 그이의 말대로 내가 무관심했던가?

사흘 밤을 울고 나니 눈물도 나오지 않았다. 속이 상했지만 여자에게 참을 수밖에 없는 나약함. 그리고 세 번씩이나 일본에서 한 전화를 나는 한 번도 받지 못했다.

착한 내 남편
여보 출항하자마자 바로 팬 잡았소.

울산에 입항하여 당신을 기다렸지만 다른 선원 가족은 모두 나왔는데 당신이 안 왔다는 소식 듣고 눈앞이 캄캄했소. 하도 괴로워 당직 시간인데 배를 비워두고 형님 집에 전화했지만 집에 갔다는 소식 듣고 만나지 못하겠구나. 체념하면서도 다음 날까지 마음을 짓누르는 쓸쓸함을 떨쳐버릴 수가 없었소. 당신이 나의 가슴에 차지하는 비중이 한이 없는 것 같았소. 정말 괴로웠던 30시간이었소.

아무리 좋게 생각하고 이해하려 해도 울화가 치미는 것은 너무 당신을 사랑하기 때문이었소.

　못 먹는 술 한잔하면서 당신이 오지 않는 화풀이라도 해볼까 마음먹었지만, 그것마저도 나의 마음이 허락하지 않았소. 당신은 내 마음에 생명이라는 것을 새삼 느꼈어. 여보 사랑하오. 당신을 만나기 조금 전에 울분이라도 토해보려고 못 할 말을 해서 편지에 적었소.

　그 편지 쓸 땐 솔직하게 그 당시에 나의 마음이었소.

　모든 것을 포기하고 배에 오르는데 당신을 보니 기쁨과 분노가 엇갈리는 속에 당신에게 좋은 말을 할 수 없었소. 솔직히 무엇 하러 이제 왔느냐는 생각이 드는 것은 사실이었소. 배에 오르면서도 얼굴만 보고 왔다고 생각을 하니 모든 것이 제대로 되지 않았소.

　당신에게 작별의 손을 흔들면서 당신을 볼 때 눈물이 앞을 가렸소. 이제 헤어지면 언제 만날까 생각하니 너무 괴로웠소. 이렇게 헤어져야 하는 것이 너무 허전하였소.

　당신은 배를 따라오면서 손을 흔들더구려.

　사랑하는 여보, 이번 일을 되새기며 다음부터 이런 일이 생기지 않도록 하오. 다음에 이런 일이 있으면 정말 방탕의 구렁텅이로 빠져버릴 것 같소. 당신 마음 잘 아오. 당신도 나처럼 안타까울 것이라고 돌이켜 생각해 보면 내가 당신에게 너무 못할 말을 한 것 같구려. 그렇지만 아직 내 마음 구석에 공허한 공간이 비어 있는 것은 당신과 하고 싶은 얘기도 하지 못하고 보자마자 출항했다는 분노가 남아 있기 때문일 것이오. 일본을 가면서 내 마음 정리하려고 하오. 당신 몸조심하고 이제 집에 가지 마오. 두 딸과 더불어 건강하길 빌겠소.

우리의 냉전은 그이가 마산에 입항하면서 풀렸고, 그이와 나는 말로만 듣던 항구의 여행을 시작했다.

마산-목포-인천-여수-울산-인천에서 남편은 2기사로 진급도 하였고, 목포행 야간열차에서는 선원 가족들이 밤을 새우며 나눈 얘기는 어느 직장인들의 가족이 나눌 수 없는 애환의 얘기들이 있었고, 서로를 이해할 수 있는 가족들이 남편들이 없는 동안 겪는 어려움을 동감하며 몇십 년 친구나 된 듯, 이 함께 조각공원에 올라 새벽안개 속에 우리 배가 입항하는 것도 볼 수 있었다.

하룻밤 여관비라도 아끼자고 하시며 밤 열차를 택하신 박 선장님, 사모님께 지금도 감사하며 사는 것은 세상 사람들이 생각하는 뱃사람의 아내가 아닌 정말 절약하며 사는 법을 우리 젊은 아내들에게 가르쳐 주셨기 때문이다.

그 밤 우리는 많은 것을 배웠고, 그 후 계속된 여행에도 알뜰하고 즐겁게 다녔다. 우리들이 아니고는 그 아쉽고 서운한 이별의 맛도, 사랑하는 사람을 만난다는 기대와 꿈에 부푼 설렘도 모를 것이다.

부두

손목시계를 본다. 그이의 몇 번의 한국 입항에 제법 느긋해진 나는 입항 시간보다 조금 늦게 통선장에 도착하였다. 여기저기 웅성거리는 여인들 틈에서 낯익은 얼굴을 찾았지만 보이지 않는다. 아마 모두 나처럼 시간 계산을 하고 오나 보다. 우리 배 말고도 두 척의 배가 왔다.

출국을 위해 남편을 보내는 아내들이 아쉬워하며 이제 갓 결혼한 것 같은 새댁이 손수건으로 얼굴을 가린다. 보내는 사람과 떠나는 사람…. 아내가 콧등이 찡하여 하늘을 바라보다 머리를 숙이니 저쪽에서 남자는 하늘을 본다. 그리고 새댁을 향해 "어이 집에 빨리 가. 어서…."하고는 또 하늘을 본다….

한 척의 통선이 그들을 태우고 떠나고, 새댁은 힘없이 돌아서고…. 한쪽에서는 나와 상관없는 일인 양 분주해지기 시작한다. 화장을 고치고 아이들 옷을 갈아입히고 태어나서 처음 아빠와 상면하려는 예쁜 아기 엄마는 아까부터 아기 이마를 쓰다듬고 있고, 사진만으로 아빠를 기억할 것 같은 여자아이는 뭐가 좋은지 마냥 뛰어다니고 이제 배우는 말로 '아빠'를 연발한다. 통선이 들어오고 저들의 가족이 나왔나 보다. 조금 전과는 전혀 다른 기쁨으로 가득한 부두는 술렁인다. 이별과 만남, 이것이 이렇게 다르다….

우리 가족들도 하나둘 모두 모였다. 그간의 안부를 묻고 상을 당한 가족을 위로하며 남편들의 상륙을 기다리는데, 일몰 후에 닻을 내린

탓으로 상륙이 안 된다는 기막힌 소식이었다. 타국은 타국이라 헤어져 있건마는 내 나라에 와서 가족들이 통선장에서 기다리고 있는데 못 만나고 남편은 저쪽 바다에, 아내는 이쪽 부두에서 바라보고 있으니 이 얼마나 기막힌 일인가.

조금씩 생활이 안정되면서 그이는 귀국하였고, 유리가 그렇게 가보고 싶어 하던 금강원도 어린이 대공원도 갔고, 용두산 공원의 비둘기와도 만나게 해주었다.

그이는 유리가 태어나고 처음 아빠 노릇을 제대로 하면서 카메라에 아이들과의 추억을 담았다. 그이는 자기가 없을 때 태어난 유리보다 소영이를 더 좋아하는 것 같았다. 유리는 자기 딸 아니냐고 싸우기도 하면서 휴가는 끝났고 다시 배로 떠날 때 유리를 안고 눈물을 글썽이는 것을 보며 괜한 트집을 잡았다고 뉘우치며 헤어짐도 익숙해질 때도 되었을 텐데 헤어짐은 실감 나지 않았다.

돌아오는 공항버스에 몸을 싣고야 눈물이 흐르는데 나를 쳐다보는 네 개의 눈동자가 눈물을 막는다.

"엄마 돈 100원 주세요"

"뭐 할 건데"

"차비 해야지"

"어디 가는데"

"비행기 타고 미국에 있는 아빠한테"

미국, 거기가 어딘지도 모르면서 아빠를 찾는 유리가 측은하다. 이제 아빠를 기억하기 시작한 유리가 아빠와 함께한 일들을 잊지 않고 아빠를 찾아 나서며, 아빠 빨리 오라고 울며 떼를 쓰는 유리를 볼 때 가슴이 미어진다….

옆 방 아이와 싸우다 친구가 "아빠"하고 아빠에게 구원을 청하면 유리는 달려와 똑똑하지 못한 발음으로 "엄마 우 아빠도 이제?"(엄마 유리도 아빠 있지) 하면서 가슴에 안긴다.

정밀 검사

소영이는 다른 아이보다 키가 크고 가끔 감기 드는 것 외에는 정상 아이들보다 건강하게 자랐기에 자연 치료가 되었나 보다 하고 지냈다. 그렇지만 마음 한구석에는 조금 형편이 나아지면 병원에 가 봐야 한다는 생각은 떠나지 않고 있던 나는 그이가 출항하고 생활이 안정된 후 병원을 찾았다.

"김소영" 간호사의 음성에 가벼운 마음으로 진찰실을 향했다. 체온을 재고 몸무게를 달고 이제 우리 소영이는 괜찮다고 하시겠지 생각하면서도 선생님과 마주하니 습관적으로 가슴이 뛰기 시작한다.

"아줌마 이 아이 언제부터 가슴이 이렇게 들어갔어요?"

"태어나면서부터인데 지금은 많이 나왔어요."

"심장 판막이라는 걸 몰랐나요?"

"알고 있었어요."

"그런데 왜 이 지경까지 놓아두었나요?"

"크면서 괜찮아진다고 하던데요"

"아줌마 늦었어요. 수술도 시기가 있는 건데….."

순간 머리를 쇠망치로 얻어맞은 것 같이 아무것도 보이지 않았다.

"선생님 어떻게 해야 하나요?"

의사는 한심하다는 듯이 내 얼굴을 쳐다보았다.

그이의 얼굴이 스쳐 갔다.

그이라면 이럴 때 어떻게 할까. 아이의 심장에 한 개도 아니고 구멍이 두 개나 뚫려 있다는데 우리는 무엇을 했을까? 그동안 너무 생활에 얽매여 우선 잘 크고 잘 노는 아이에게 신경 쓸 여유가 없었다는 것이 솔직한 고백일 것이다.

3월, 아무것도 모르는 소영이는 유치원 입학 날만 기다리며 기뻐하고 있는데…. 있는 돈을 몽땅 찾아 백화점에 가서 소영이 옷을 샀다. 그렇게 입고 싶어 하던 레이스 달린 원피스도 사고, 유행하던 핑키 티셔츠도 샀다. 예쁜 바지며 마네킹이 신고 있는 구두도 샀고, 아이가 갖고 싶어 하던 것은 모두 다 샀다.

평소에 나로서는 엄두도 못 낼 행동이었지만, 그렇게 해서라도 아이에게 속죄하고 싶어서였을지도 모른다. 그날따라 왜 그렇게 비는 내리는지 비를 맞고 미친 사람처럼 돌아다녔다. 울고 싶어도 기대어 울 그이도 없고, 어린 딸들 앞에서 눈물을 흘릴 수는 없었다.

교회 지하실에 가서 얼마나 울었는지 모른다. 그때처럼 신을 절실하게 찾아본 적이 없었다.

잠든 두 딸의 얼굴을 보면서 이 아픔을 함께하지 못하는 그이가 원망스러웠다. 아무것도 모르고 옷 가방을 가슴에 안고 자는 아이들 앞에서 백화점 계산서를 아까워할 수밖에 없는 여자였다.

4월에 있을 정밀 검사를 앞두고 아이는 독감에 걸렸다. 날짜보다 앞당겨진 입원, 병원 생활에 익숙한 나는 둘째와 함께 할 수 없다는 것 외엔 지극히 평온한 마음으로 한 날, 한 날을 넘겼다.

우리 방은 같은 심장 판막 아이들만 있었기에 그래도 다른 아이들보다 크고 건강한 편인 소영이가 대견스럽기도 했다. 서로의 고통을 아는 사람들이 모여 살아가는 이야기를 한다는 것은 위안이었고, 밤이면 모두의 아빠들이 제각기 먹을 것을 싸 들고 와서 아내와 자식을 위로하고 잠시나마 가족의 소중함을 느끼게 한다.

그 시간이면 소영이는 꼭 아빠 이야기를 한다.

"엄마, 우리도 아빠 있지만, 미국 가서 못 오제……."

"그래 우리 소영이 안 아프고 잘 크면 선물 많이 사 오실 거야."

"엄마 아빠 올 때 삐삐신 사 오제?"

그놈의 삐삐 신이 그렇게도 신고 싶은가….

"엄마 아빠하고 싸울 때는 사랑이 없어 싸웠나…. 아빠 오면 싸우지 마."

어린 딸의 가슴에 엄마 아빠가 싸워서 엄마가 울었다는 기억이 남아 있는 것에 놀랐다. 소영이가 사랑이란 남자와 여자가 하는 줄 알고 있나 보다. 어떻게 교육해야 할지….

저녁 시간이 되면 소영이를 데리고 휴게실에서 보내다 아빠들이 돌아간 후 병실로 돌아오곤 했다. 그 시간은 왜 그렇게 힘이 쭉 빠지던지…. 메리놀 병원에서 처음 시도한 판막 수술 1호가 성공했다는 반가운 소식에 함께 아파하며 가슴 졸이고 지켜보던 우리 방 식구들을 올려놓았다.

"미향이 파이팅!"을 외치며 감사드린 다음 날 소영이 차례가 되어서 간호사가 보호자를 찾았다. 왜 세상엔 꼭 남자의 도장이라야 각서의 효력이 있는지 혈관 촬영 때 마취를 하는 데 실패할 수도 있다는 것이다.

어린 것이 5시간이나 마취 상태에서 있어야 하는 것은 죽음 그 이상의 것이었다. 배고파하며 소변 줄을 달고 울며 악을 쓰는 아이의 침대를 밀고 촬영실까지 가면서 '소영아, 아빠를 만날 수 있어야 해. 이것이 너와 나의 마지막이 되어서는 안 된다.!'라고 하면서도 아이의 구석구석을 더듬어 머릿속에 넣었다. 그리고 문이 닫히고 아이의 악쓰는 소리도 차츰 조용해졌다.

3층에서 5층까지 몇 번을 오르락거렸을까. 방안 가득 피를 토할 때도 혼자 감당했는데 그 순간은 도저히 혼자서 감당할 수가 없었다. 생각나는 전화는 모두 돌렸지만, 그들이 도착 되는 시간은 너무 멀기만 하고, 곁에 있어야 할 그이는 이 순간을 모르고 있다는 서러움.

'차라리 알릴 것을, 아니야. 알아도 오지 못하고 마음만 상할 텐데 다행이야!' 왜 이렇게 쓰리고 쓰린 아픈 마음을 두 번이나 겪어야 하나라는 마음이 들다가도 '아니야 나도 남들처럼 남편에게 짜증도 내고 기대어 울기도 하고 술이라도 주면 마실 텐데, 아니 그이는 술을 못하니까 어깨를 잡아주고 손을 잡아줄 텐데, 옆에 있었으면 정말 있었으면'이라는 간절함이 뒤섞이고 또다시 찾아오는 온갖 불길한 생각.

아이의 웃는 얼굴, 침대 밑에 신발, 아이가 입던 옷 보이는 것마다 눈물이고, 그이가 없는 동안 잘못되면 어떡하나? 그이의 얼굴과 아이의 얼굴이 뒤범벅되어 차라리 그이가 올 때까지 미룰 것을 후회, 또 후회하면서 다녔지만, 시간은 흐르지 않고 어떻게 어디로 돌아다녔는지, 아무리 많은 시간을 보내고 가도 검사 중이라는 빨간 글씨는 그대로였다.

7년 동안 아이를 키워온 일들이 주마등처럼 스쳐 간다. 세 번씩이나 사형 선고를 받고도 그때마다 내 품으로 돌아온 아이, 6살이 되면서 아픈 것을 의지하여 어리광 부린다고 냉정하게 대했고, 아파도 엄마 눈치 본다고 아프다는 얘기도 안 하던 아이, 아이 혼자 베개에 얼굴을 묻고 아빠를 찾아 뺨을 때려주던 밤, 40도의 열을 참고 있었음을 알고 함께 울던 일….

지금 글을 쓰면서도 눈물이 맺히는 것은 그 누가 혼자서 병든 자식을 키우는 것을 이해할 수 있을까 영악한 아이는 조금 신경을 쓰면 아픈 것을 무기로 삼고, 조금 무관심한 척하면 아파도 아프단 말을 안 하니 둘이서 낳은 자식은 둘이서 키워야 한다는 옛말이 명언이구나 싶다.

선생님이 나오셔서 아이의 얼굴을 봐야겠다고 뛰어가니 "엄마!"하고 웃어주었다. 그리고 24시간을 깊은 잠에 빠져 일어나지 않았고, 나는 감사드리며 두 손을 모을 수 있었다.

그이가 귀국하면 수술하기로 하고 앞으로 의료보험이 된다는 것을 감사드리며 우리 모녀는 병원을 나왔지만 특수 촬영은 의료보험 혜택이 되지 않아 다시 빚을 지게 되었다.

건강한 가족은 의료보험이 얼마나 귀한 것인가를 모르고 살겠지만, 나는 그 순간 선원들을 위해 보험 혜택을 받도록 힘써주신 분들께 감사드리며 낯 모르는 그분들을 위해 기도드렸다.

두 번째 일기

소영 아빠!

당신과 내가 한 몸이고 한 지체라고 하면서 우리의 거리는 너무 멀기만 하군요.

사랑하는 큰딸의 심장이 구멍이 두 개나 있대요. 혼자서 감당하기 어려운 이 아픈 마음, 가슴이 찢어질 것 같은데, 차라리 내가 바꾸고 싶어도 할 수 없는 일이고, 지난해 우리 둘에서 TV 방송 프로 '아 가슴이 아파요.'를 시청하면서 얼마나 울었어요.

지금도 눈물이 계속되는데 내 곁에는 당신은 있지 않은지요. 차라리 당신에게 모든 것을 털어놓으면 이렇게 불안하고 초조하지는 않을 텐데, 괴로운 시간이 흐르면 흐를수록 당신이 내게 얼마나 소중한 사람인가를 알 것 같아요. 이 아픔을 당신과 나누고 싶지 않을 만큼 당신을 사랑해요.

밤새워 그이에게 글을 썼지만, 편지지 한 권을 없애고 결국 쓰지 못할 말들, 감정을 누르고 글을 쓴다는 것은 고통이 되었다.

그이가 오고 수술을 위해 병원에 갔다. 수술만은 그이가 있을 때 해야 될 것 같았기에 수술 예정일에 맞추어 귀국했다. 병원에 가니 의학은 날로 새로워졌고, 그 어렵고 힘들었던 혈관 촬영을 하지 않아도 정밀 검사가 되는 기계가 도입되었다.

새로운 문명의 혜택을 입고자 수속을 한 결과 두 개의 구멍 중 한 개가 막혔단다.

선생님의 갸우뚱거리는 머리와 입원실 담당 선생님의 놀람 속에 우리는 고마운 결과를 주신 분께 감사를 드리며, 나머지 한 구멍도 수술을 피하여 나아지기를 소원하며 선생님께서도 수술을 보류하자고 하셨다.

정말 오랜만에 평온이었고, 우리 가족은 그 휴가를 즐겁게 보내고 그이는 다시 출국하였다.

> 하늘에는 구름이 방긋방긋 쌓이고
> 하늘에는 참새가 이야기하지
> 땅에는 꽃들이 노래 부르지
> 또 나무는 방긋방긋 춤추지
> 사람은 꽃밭에 앉아 즐기지
> 꽃밭은 언제나 좋지.
> 꽃밭은 언제나 시원하지
>
> 〈소영이가 퇴원 후 마당에서 지은 시〉

우리의 작은 둥지는 언제나 즐거웠는데 바람이 일기 시작했다. 시아버님께서 한쪽 수족을 못 쓰시며 치료차 오셨다.

'중풍' 단칸방의 잠자리야 그렇다 치고 많은 며느리 중에 하필이면 왜 아들도 없는 우리 집이냐는 것이 화가 난다. 그래도 우리 집이 편하시니까 오시겠지. 내심 기쁘기도 했지만, 짜증 한숨이 더 많은 나날을 한의원과 병원을 오가며 여름 내내 큰 덩치로 한약 달이랴 양약 쓰랴 시아버지 병간호하자니 정작 소영이는 몰골이 말이 아니다. 어른이 편찮아 계시니 좁은 집에 손님은 왜 그렇게 많은지….

마음속에서 선과 악이 싸우는 가운데 시아버지의 건강은 하루하루 좋아지는 것을 볼 수 있었다. 떨리는 손으로 수저를 못 잡던 아버님께서 혼자서 식사를 하시며 그 무더운 날씨에 낮잠 한 번 못 자고 옷 한 번 못 벗고 지낸 여름도 가고, 가을이 오면서 이제 다 나았으니 가시겠지 하고 있는데 어머님께서 보따리까지 싸 들고 오셨다.

'아버님 팔순 생신을 우리 집에 가서 차려드리라고 하신다….'
짜증이 났다. 솔직히 혹을 떼려다가 혹을 붙인 셈이다. 하지만 또 선한 쪽을 택하기로 했다. 마침 문간방이 비어 있었기에 그것을 얻었다. 아버님 생신은 정성껏 차렸고, 좁은 집이지만 많은 친지가 오셔서 축하해 주셨다. 무엇보다도 연로하신 형제분들이 밤을 새우며 살아온 얘기를 하시며 즐거워하시니까 보람도 있고 자식 노릇 제대로 하는 것 같아 즐거웠다.

그 밤 모두가 즐거워 노래하고 춤추는데 나는 화장실에 가서 그이가 보고 싶어 얼마나 울었는지 모른다. 가장 즐거울 때, 괴로울 때 언제나 그는 내 곁에 있지를 않았다. 손님들이 떠나시고 방이 둘 되니 부모님은 겨울을 우리 집에서 나실 것 같았다.

추운 겨울에 시골에 가시라고 하실 수도 없고, 식구가 많아지니 당장 걱정되는 것은 돈이었다. 이제 겨우 안정이 되려는데 또 빚을 진다는 것은 살을 깎는 아픔이었기에 답답하기만 했다.

그이의 월급은 이미 소영이 병원비를 갚기 위해 적금을 넣었고, 형제들이 조금씩 도와주었지만 두 분 다 약을 드셔야 하기에 어림없었다. 기관지 천식을 하시는 어머님은 눈까지 어두워서 아무것도 못 하신다. 요강을 방에다 두고 소변을 보시고 대변일 때는 아버님이 안 계시면 혼자서 화장실에도 못 가신다.

설사라도 하시면 그냥 요강에 보시게 했는데 뒤처리를 하면서 구역질도 하고 토하기도 했지만, 이다음에 늙어질 나를 생각하며 참고 견딘다. 그러면서도 왜 하필이면 많은 형제 중 다섯째인 우리 집인지 화가 났지만, 당장 부모님께서 형님댁으로 가시면 약값을 보내드려야 하는 것이 자식의 도리인데, 내게는 단돈 만 원짜리 하나 보내줄 능력이 없고 보니 생각하다 못해 직장을 가지기로 했다.

활동을 하실 수 있는 아버님을 의지하여 저녁 시간에 출근하는 호텔을 택했다. 낮에는 아이들과 부모님을 돌볼 수 있었고, 저녁은 상을 차려 두면 아버님께서 챙겨 드신다. 아버님께서 이해해 주기도 하고 도와주시는 덕분에 적금을 포기하지 않고 20만 원이라는 수입으로 부모님 모시고 그 겨울을 날 수 있었지만 지금 생각하면 아찔하다.

두 평 남짓한 주방에서 과일을 깎고 접시를 닦는 일은 시집살이에 비하면 힘든 일은 아니었다. 그 속에 있을 때는 내가 한국에 있는지, 일본에 와 있는지 모를 정도였다. 일본 음악, 일본 노래, 저 사람들은 돈을 뿌리러 한국에 오는데 우리는 왜 바다로 나가지 않으면 안 되는 것일까?

무엇보다 분통이 터지는 것은 선원의 아내가 저지른 작은 실수는 주간지에 대문짝만하게 나면서 정작 세상은 그에게 돌을 던질 자가 없는 요지경 속이라는 것이다.

자정이 지나서 1시가 넘어 퇴근할 때는 호텔에서 영주동 터널만 넘으면 대신동 우리 집인데, 버스로 한 정거장 되는 거리를 택시를 타야 한다. 할증 요금 780원. 야근 교통비 2천 원을 받아 퇴근하는데 택시 타기가 아까웠다. 마스크를 하고 터널을 건넌다.

매연이 가득한 터널을 걸으면서 바다의 파도를 생각하며 이 시간, 그이도 당직 시간인데 무엇을 하고 있을까 그이가 일하는 시간을 함께 해주는 것 같아 힘이 생긴다.

'저 험한 파도와 싸운 사람도 있는데….' 그렇게 생각하면 매연은 아무 문제가 아니었다.

2천 원이면 아버님이 좋아하시는 팥빵도, 아이들 귤도 살 수 있었기에 나는 즐거웠다. 가끔 그 매연 속에서 차를 세워주시는 기사 아저씨들께 감사드린다. 밤을 새우며 일하러 가면서도 뱃사람 아내이기에 오해나 받지 않을까 해서 청소부 아저씨의 노란 잠바 얻어 입고 할아버지 털신 신고 출근하던 유난히도 춥던 겨울날, 버스 속에서 부딪힌 동창생에게 먼저 손 내밀고 인사할 수 있었던 것은 나에게는 나를 사랑해 주는 그이가 있었고, 아이들이 있고 나를 좋아하시는 부모님이 계셨기 때문일 것이다.

언 발 동동거리며 방문을 열면 이불을 차고 웅크리고 자는 유리, 토끼 눈이 되어 말똥거리는 소영이, 왜 안 자냐고 다그치면 "엄마 없을 때 할아버지 죽을까 봐 걱정된다."라고 하며 "엄마 일하러 가지 마"하는 소영이를 때리지도 못하고, 아이가 어른을 보는 건지, 어른이 아이를 보는 건지, 그 순간은 착각되고 내일은 가지 말아야지 하면서도 내일은 계속되었다.

그 안타까운 밤이면 그이의 사진을 바라보며 천 원짜리 두 장 꼭 지고 당신의 부모이고 아이들의 할아버지, 할머니이기에 사랑하겠노라고 다짐하던 시간들, 자신과 싸우고 싸우며 그 겨울을 무사히 보낼 수 있었던 것은 나를 위해 더운물 준비해 주시고 밥그릇에 밥풀 말라붙어 설거지 힘들까 봐 그릇 가득 물 부어주시던 아버님이 계셨기 때문일 것이다.

세 번째 일기

보고 싶은 얼굴이 내게로 다가선다. 잠든 아이들의 얼굴과 어머님의 늙으신 얼굴, 아버님의 거친 호흡, 어머님의 기침 소리를 피해 아랫방으로 내려오지만, 가슴이 아프다. 친정어머니라면 곁에서 잘 수 있을까 낮에 시장을 다녀오니 아버님께서 빨래하고 계셨다.

어머니께서 옷에다 실례하셔서 이불에까지 다 묻었다. 아버님께서 손수, 어머님 속옷을 빨고 계신 것이 측은하기만 하다. 딸이라면 손수 빨려고 하시지 않았을 텐데 서운했다. 아버님 앞에서 화를 낼 수 없고 빨래를 하면서 딸과 며느리에 대하여 생각해 보았다. 몸도 마음도 피곤한 요즘이고 보니 그이가 더 보고 싶다.

그이를 낳아준 어머님인데 사랑받고 사랑하자.

봄이 되어서 우리는 조금 넓은 방을 구해 이사했다.

부모님께서는 시골로 가시고, 나는 청소부 옷도, 손익은 과도도 던져버린 지금 지난날을 돌이켜보며 10년 가까운 그이와의 결혼 생활을 얼마나 함께했을까. 그이를 위해 아무것도 해준 것이 없이 소영이는 2학년이 되었고, 유리는 7살 유치원생이다.

만남과 헤어짐이 반복되는 시간들 속에 얼마 전 부산에 입항한 그이의 야윈 모습이 눈에 선하다. 그이도 얼마나 오고 싶을까. 장롱 서랍을 열고 그이가 입던 속옷을 꺼내 코에다 댄다.

　그의 냄새가 눈물과 함께 얼굴을 묻게 하고, 아이들이 어리고 찢어지게 가난할 때는 느껴보지 못했던 그리움이 꾸역꾸역 그이의 옷들을 빨래통에 담그게 한다.

네 번째 일기

　정녕 꿈이었던가?
　그리운 임을 보았는데
　빈자리 빈 베게
　가슴속에 절여 오는 이 그리움
　꿈 꿈 꿈
　두 주먹에 꼭 쥐고
　놓지를 말아야지
　두 눈을 꼭 감고
　뜨지를 말았어야지
　그리운 시간은
　불러나 보자
　사랑하는 나의 임이여
　보고 싶은 얼굴이여

다섯 번째 일기

0월 0일

쌀 한 가마의 무게가 되는 아내가 뭘 더 먹어야 한다고 그이는 나를 끌고 꾸역꾸역 한약방에 간다. 몇 날을 서로 먹으라고 싸우다가 오늘은 20첩 한재를 나누어 먹기로 합의하고 그이를 따라나섰다.

내가 먹지 않으면 안 먹겠다는 그의 고집 때문이라고 하지만 사실 기분은 좋다. 진맥하고 약을 짓고 우리 마누라 덩치만 컸지, 약하니 잘 부탁한다는 그의 말에 웃을 수밖에 없는 것은 어쩌면 그의 말이 맞는지도 모르기 때문이다. 남편의 사랑과 보살핌 속에 여자는 행복을 느끼고 사는 건가…. 오늘따라 그이가 더욱 멋있어 내일은 그이를 위해 좋아하시는 생선회를 준비해야겠다.

지난 호 갈릴리를 읽으면서 이경미 집사님의 편지 속에 '당신을 남편으로 만나게 해주신 하나님께 감사드려요.'하는 짧은 단어 속에서 나는 정말 이렇게 감사하며 사는 아내들이 얼마나 될까 생각해 본다. 아무리 부유한 생활을 하고 자식들이 잘 자라고 자가용을 타고 다녀도 그런 여자들도 모이면 남편 흉이다. 그리고 남편들도 이모저모로 아내들의 마음을 상하게 한다. 세상의 술과 오락, 사업, 여자 정말 감사한 것은 이경미 집사님의 고백처럼 나도 내 남편을 만나게 하시고 그의 아내가 된 것을 주님께 감사하며 살아가고 있다는 것이다.

우리가 같이 주님께 감사하는 것은 남편들이 주 안에 계시기 때문일 것이다. 세상에 부귀는 내게 없지만, 하숙집 아줌마인 아내를 도와 설거지해주고 청소해주는 남편이 내 곁에 계시기에 '주님 정말 이분을 나의 남편 되게 하심을 감사해요.'라고 고백한다….

0월 0일

유리가 아빠의 출국 준비 가방을 숨겨 놓았다. 벌써 3학년이 된 유리. 아이들이 커가는 만큼 우리가 늙어가고 있는데, 아이들이 커가는 것이 대견하기만 한 것은 엄마이기 때문일까? 아이가 자라고 아빠를 떠나보내기 싫어하는데도 떠나야 하는 아빠의 마음……

애써 헤어짐에 아픔을 감추려는 우리 부부에게 유리는 서러움을 가져다준다. 식탁 밑에 숨겨둔 가방을 바라보며 그이도 나도 한숨을 쉬었다. 그래 우리 열심히 살자. 유리가 가방을 숨기지 않고 살아갈 그날을 위해. 그이는 바다로, 나는 하숙집 아줌마로. 열심히 살자.

정말 언제나 어제보다 오늘이 밝아지게 하시는 주님 의지하여 무거운 시장바구니를 즐거움으로 느끼며 떠나는 그의 앞에 눈물을 보이지 않으리라.

멍하니 하늘만 쳐다본다. 푸른 하늘은 어제 비로 높게만 보이고, 앞 바다의 물결은 잔잔하기만 하다. 하늘과 바다. 정작 떠나보낼 땐 아무 말도 하지 못하고 보내고 말았다.

왜 "잘 다녀오세요" 하는 말도 못 했을까 손이라도 한 번 더 잡아볼 것인데, 비행기가 그이를 싣고 떠나고 말았다. 헤어진 지 겨우 이틀인데 보고 싶어진다. 금방이라도 여보 하며 들어설 것 같은데 그이와의 거리는 너무 멀기만 하다.

지금쯤 승선해서 첫 업무에 나를 기억할 시간도 없을 텐데 3살짜리 조카 경덕이가 "고숙하고 씨름하고 싶다."라는 말에도 눈물이 흘러내리는 것은 왜일까? 빨리 다시 만나게 되길 기도하며 신 사도행전을 기록해 나가시기를 주님께 간구하며 바다를 사랑하시는 주님께 나를 의탁한다.

여섯 번째 일기

0월 0일

비가 내린다. 아이들 우산을 가져다줘야 하겠다고 나서니 아파트 부인들이 학교는 가야겠는데 빈손으로 못 가겠다고 이야기한다.

입학식 날 운동장에서 소영이 선생님을 만나서 잠시 소영이 건강 상태에 대해 말씀드렸지만 좀 더 자세히 말씀드리고 싶고, 내 딸을 가르치는 선생님을 만나고 싶어 우산을 들고 나섰다. 내 뒤에서 부인들의 봉투 가져가겠지 하는 말을 두고 학교를 향하면서 소영이 이야기를 생각했다.

"엄마 선생님이 꼴찌라도 좋으니, 최선을 다하고 열심히 노력해서 한 가지라도 특기를 살리라고 하셨어요." 그런 소영이가 자신감을 갖고 공부하려고 노력하고 있지 않은가? 선생님과 마주하니 정말 듣던 대로 열성이 대단하셨다. 그리고 봉투가 없어도 잘 왔다는 생각과 함께 정말 시원한 사이다라도 한잔 대접했으면 하는 마음이 진심으로 우러났다.

내 자식을 사랑으로 가르치고 변화시키는 선생님께 감사하는 마음으로 한 다발의 꽃을 보내 교실에 꽂았지만, 머지않아 나는 산호 한 점이라도 보내드릴 것이다. 결코, 선생님은 돈의 노예가 아닌데, 엄마들은 오늘도 무엇이든 돈으로 해결하려고 한다. 5월 스승의 날, 우리 소영이 선생님 파이팅!

0월 0일

그이를 만난다는 급한 마음에 비행기에 몸을 싣고 인천에 도착하니 외항에서 접안하지 못하고 계셨다. 금방 산 비행기표를 아까워하면서 가족들과 시장을 헤매다가 선원회관에 오니 자정이 넘어서야 상륙하신단다.

잠시 눈을 붙이자고 하면서 아무도 자지 못하고 결국 세관으로 향했다. 무작정 기다리는 시간 철조망 너머로 그의 얼굴이 나타날 텐데 겨우 50일인데 왜 이렇게 초조하기만 한지 필리핀 선원들이 우리를 거리의 여자로 착각하고 뭐라 뭐라 치근덕거린다. 부두의 인부들이 동정 어린 눈으로 바라보며 뱃사람 따라 사는 여자들이 불쌍하단다. 누가 뭐라든 무슨 상관인가 우리는 지금 사랑하는 사람들을 기다리는데….

그의 당직! 아 우리는 얼굴만 마주하고 그이는 배에서, 나는 여관에서 밤을 새우고 다음 날 통영으로 같이 왔다. 아빠를 기다리다 잠든 유리 그래도 소영이는 아빠를 기다려 주었다. 난 그의 마음을 읽는다. 사랑하는 딸들도 보고 싶고, 베란다의 꽃들도 보고 싶은 마음. 겨우 몇 시간을 머물고 가실 집인데 이렇게 좋으신 모양이다. 나는 그이를 위해 따뜻한 밥을 짓고 김치를 담근다.

소영이의 일기

아빠가 보고 싶다.

엄마가 아빠를 만나러 간 후, 사실 난 학교에 가기 싫었다. 엄마가 아빠를 만나러 간 후 더욱더 아빠가 보고 싶어진다.

학교 때문에 아빠를 못 만난다고 생각하니 화가 났다. 그런데 아빠가 집에까지 오신다는 전화를 받았다. 유리와 나는 뛰는 듯이 기뻤다. 그런데 밤 10시가 넘어도 아빠는 오시지 않고 유리는 잠들었다. 하숙생 오빠들도 자려고 하는데 11시가 되어서야 아빠가 오셨다.

오빠들은 바나나를 먹었지만 나는 바나나보다 아빠를 만난 것이 더 기뻤다. 어제는 아빠를 만나 무척 기뻤다. 그런데 오후에 또 아빠가 가신다고 하셨다. 실망하고 학교에서 돌아오는 길에 택시를 기다리는 아빠를 만날 수 있었다. 아빠의 볼에 뽀뽀해주고 돌아오면서 눈물을

애써 참았다. 아빠가 가는 뒷모습을 보며 마음속으로 말했다. '아빠 사랑해요'

그이가 떠난 텅 빈 가슴 속에 소영이의 일기는 나를 돌아보게 한다. 그이는 언제나 나의 전부였다고 생각했는데, 어느 틈에 사랑하는 딸들의 마음속에 자리 잡은 아빠, 정말 좋은 아빠, 좋은 엄마가 되어 주님께서 우리에게 주신 사랑의 열매들을 아름답게 키워야겠다.

일곱 번째 일기

'믿음의 기도는 병든 자를 구원하리니 주께서 저를 일으키시리라.'

−야고보서 5장 14절−

텅 빈 방들 분명 내 집인데 왜 이렇게 낯설게만 느껴질까? 집을 떠난 지 열흘 만에 돌아온 집. 내가 병원으로 실려 가기 전에는 하숙생들로 가득했던 집인데, 학생들의 책상도 이불도, 학생들과 함께 떠나버린 텅 빈 자리 뭔가 손에 쥐었다 놓아버린 기분 속에 그동안 세상의 것에 매달려 살아보려고 했던 일들이 주마등처럼 스쳐 간다.

혼자 아파야 하는 서러움과 두려움 속에 보낸 몇 날을 견디다 못해 친정에 전화했다. 아버지의 음성을 듣는 순간 참았던 서러움과 아픔이 나를 통곡하게 만들고 어머니께서 놀라 뛰어오셨다. 며칠 치료하니 좀 나아지는 것 같았고, 오히려 어머님이 병이 나셨다.

　그동안 영적으로 많이 병들었음을 깨닫고 주님께 모든 것을 의지하려고 노력하면서 목사님께 심방을 청하는 날, 절제할 수 없는 방언으로 밤을 새우고 쇠약한 나의 육신은 쓰러지고 말았다. 이웃 아줌마들의 사랑으로 입원 절차를 밟고 병실에 오니 심한 구토와 설사 그 모든 것들이 나를 괴롭히는데 장티푸스, 나와는 상관없는 단어인 줄 알았는데, 마디마디 뼈까지 아파져 올 때 주님을 기억하려고 얼마나 노력했던지 주님의 십자가는 비교할 수 없는 작은 아픔 속에서도 나는 견디기 힘들었고, 나의 연약함을 깨달았다.

　같은 병실에 같은 병으로 누운 젊은 아내 곁에서 아내를 지키는 남편, 아내의 손발이 되어 움직이는 아저씨를 보면서 그이를 생각했다. 그이도 계시면 나의 손발이 되어 주실 텐데, 나의 아픔도 모른 채 인천 입항을 기다리고 계실 그이, 나와의 만남을 기다리며 꿈에 부푼 그이의 글들.

　　사랑하는 당신.
　　대만에서 겨우 시간 내어 소식 전하고 지금 일본을 향하여 항해하고 있다오.
　　언제나 우리를 지켜주시는 주님께서 이 항해를 함께하실 줄 믿으며 나아간다오. 어제는 거친 파도가 항로를 방해했지만 오늘은 잔잔하구려.

나의 사랑, 당신을 만날 수 있도록 주님께서 이 배를 인천으로 보내주시는구려. 싱가포르, 인도네시아를 거쳐 인천으로 가게 되었다오. 아마 이달 말일께나 다음 달 초순에 가게 될 것 같소. 부족한 우리의 바람을 허락하신 주님께 감사하며 영광을 돌립시다.

여보 사랑하오. 다음 만날 날이 벌써 설레기만 하다오.

인천 올 때 집에 있는 성경책과 테이프 가져오도록 하오. 찬송가는 선교회에 부탁하겠소. 두 딸도 주님 안에 건강하길 빈다오. (만날 때까지 주님과 함께하길 빌면서)

-당신의 지체가 -

나와 함께 하지는 못해도 늘 함께 계신 것 같은 그이의 모든 것을 기억하며 혼자서 링거병을 들고, 화장실 갈 때도 공중전화를 할 때도 배가 고픈데 죽을 챙겨 줄 사람이 없을 때도 울지 않았다. 찬송을 부르다가 속이 상할 땐 캔디 노래도 불렀다.

소영이가 왔다. 갑자기 소녀, 가장이 되어버린 내 딸, 외할머니까지 편찮으시니 텅 빈 아파트에서 동생을 돌봐야 하고, 밥도 해야 하고, 혼자서 학교 시간 늦지 않게 모든 일을 해야 하는데, 엄마 오징어 볶고 달걀 붙여서 유리 도시락 싸주고 나도 싸갔노라는 어린 딸 앞에서 울고 말았다.

"엄마 울면 머리가 아프다. 울지 말고 기도하세요." 언제 이만큼 컸을까…. 소영이는 내가 먹던 죽그릇을 깨끗하게 씻어놓고 코를 골며

잠들었다. 집에 있으면 엄마 걱정, 동생 걱정에 잠을 못 잔다는 우리 소영이가 대견하기만 하다.

내일 그이의 인천 입항 예정일인데 언니가 회사에 나의 입원을 알렸다. 그리고 자정이 넘었는데 간호사가 깨운다. 아줌마 인천 전화 받으세요. "여보" 그이의 음성이다. 입술을 깨물었다. 절대 울어서는 안 된다고 "많이 아파? 내일 내려갈게. 조금만 참아" "꼭 오세요." 그 말 외에 아무 말도 할 수 없었다. 내일, 오늘 밤만 무사히 자고 나면 퇴원하라고 하셨는데 잠을 이룰 수가 없다.

그이가 인천에서 혼자 계신다는 생각을 하니 가슴이 아파 잠이 오지 않는다. 새벽 환자복을 벗고 옷을 입었다. 그이가 좋아하시는 생선이라도 사두고 싶어 병원 앞 시장을 나서려는데 목사님께서 오셨다. 입원 중에 혼자 있는 내가 염려되시어 자주 오신 목사님.

환자가 남편 온다고 시장을 간다. 주님 오시기를 저렇게 준비하면 얼마나 좋을까 머리가 절로 숙어진다. 정말 언제 오실 줄 모르는 주님 맞을 준비를 얼마나 했는가를 생각하며 나를 돌아볼 수 있게 하신다.

시장을 다녀와서 겨우 옷을 갈아입었는데 그이가 헐레벌떡 뛰어온다. 유리아빠 인천에서 통영까지 어떻게 왔기에 벌써 왔을까?

그의 얼굴을 보는 순간 모든 아픔이 사라져 간다. 같은 날 같은 병으로 입원한 사람들은 병원에 남아 있는데 혼자 퇴원을 했다. 나의 퇴원을 부러워하는 그들에게 "위에서 도와주시는 분이 계시니 빨리 낫지 않습니까? 위에 계신 하나님을 믿으세요."라고 전했다. 그리고 그날 오후 그이는 다시 인천을 향해 떠나셨다.

아직은 목욕도 못 하고 제대로 먹지도 못하지만 이제 세상의 것을 쫓아 아웅다웅하지 않고 이 텅 빈 집이 텅 비지 아니하고, 성령으로 가득하도록 기도하고 찬송하리라. 그리고 주님께서 이번 성경학교에 봉사할 수 있도록 나의 건강을 지키시리라 믿으며 어린 심령을 위해 기도드린다.

0월 0일

결혼기념일이다. 해마다 이날을 혼자서 보낸다. 함께 기억하고 싶은 날, 축전이라도 받고 싶은 날 남자들은 쉽게 기념일이고 생일이고 잊어버리는지 결혼기념일과 생일만을 기억해 주었으면 하는 것이 나만의 욕심일까?

이 밤 나의 웨딩드레스를 기억하며 좋아하는 소녀의 기도라도 들으면서 자축하자. 그래도 올해는 어제 그이의 편지를 받지 않았는가 다음 항해 행선지가 정해져 있지 않다고, 한국에 왔으면 하는 욕심을 부리다가 '주님 필리핀에만 가지 말게 해주세요'로 기도를 바꾸었다. 성탄에 찍은 사진에 짧은 소매를 입은 그의 사진을 보니 웃음이 저절로 나온다.

크리스마스 하면 하얀 눈이 생각되는데, 여름에 맞이하는 크리스마스, 그쪽 나라에서는 산타가 뭘 타고 온다고 할까? 파도나 수상스키, 궁금하다.

여덟 번째 일기

0월 0일

한 해의 시작이 엊그제 같았는데 벌써 한 장 남은 달력이 달랑거린다. 언제나 지나고 나면 후회의 연속이지만 게을러서 기도하지 못하고 충성하지 못한 채로 새해 첫날 결심하고 기도했던 모든 것들을 실천하지 못했다.

돌아보면 좀 더 봉사하지 못한 나날이 아쉽기만 한데, 몇 날 남은 시간을 보람있게 보내야지 하면서도 얼마나 이 시간에 충실할 수 있을지 의문이다.

늦었다고 생각될 때 시작하라고 했으니, 나도 한 장 남은 달력에 하루하루를 주의 일에 힘쓰고 엄마로서 딸들에게 최선을 다해 보리라.

0월 0일

지난해 우리 집에서 하숙하던 종철이가 죽었다.

보름 전 병원에 갈 때 아줌마 다녀오겠다고 하고 택시를 타던 창백한 얼굴이 눈에 선하다.

무척이나 예의 바르고 의젓하던 학생. 내가 늘 큰아들이라고 불렀는데, 딸 셋에 아들 하나로 부모의 사랑이 극진하였는데, 소영이가 계속 운다. 함께 있던 오빠의 죽음이 슬퍼서겠거니 하고 "소영아! 오빠는 하늘나라에 갔으니 나중에 우리와 만날 수 있단다." 하는 순간, 나는 어린 딸 앞에서 어쩔 줄을 몰랐다.

"엄마, 엄마는 오빠가 우리 집에 있을 때 예수 믿으라고 얼마나 했느냐? 몇 번 전도해 봤느냐, 예수 믿지 않은 오빠를 어떻게 우리가 하늘나라에 가서 만날 수 있느냐?" 전도하지 못한 것이 겁이 나서 운단다. 그리고는 하나님도 지금 오빠가 믿을까 말까 망설이는 중인데, 지금 데려가시면 어쩌냐고 야단이다.

정말 내가 그를 위해 얼마나 기도했던가, 얼마나 전도했던가, 나의 언행이 빛이 되어 '나중에라도 예수 믿게 되었으면 하는 바람. 그 이상 내가 무엇을 했던가?' 먼저 믿은 사람이 전해야 하는 복음인데, 나중으로 미룬 나 자신이 이렇게 싫어질 수가 없다.

지나고 나면 그렇게 가슴 아픈 일인데 정말 내 가족의 구원을 위해 지금부터 나중으로 미루지 말아야겠다.

0월 0일

사기를 당했다.

지난 5년 동안 시아버님 앞으로 상조회에 가입하고 꼬박꼬박 낸 80만 원이 하루아침에 날아가 버렸다.

누군가 5만 원쯤 부었을 때 포기하고 넣지 말라고 했는데, 그렇게 못 믿으면 이 세상 어찌 사느냐고 꼬박꼬박 부었는데, 법인 인가까지 받은 상조회가 나를 실망하게 했다.

대책위원회가 생기고 작은 액수라도 찾으려고 했으나 벌써 모든 재산은 도피시킨 상태라니 당하는 쪽은 가난한 살림에 부모님의 장례 걱정이라도 면해보려는 우리만 억울하게 되었다.

5년 전 2~3만 원이면 큰돈이었다. 유리 학원비 1만 원이 없어 집에서 놀리면서 연로하신 부모님 걱정에 가입했었는데, 그들은 그 돈으로 어디에 땅을 사고 재산을 불렸을 것이다.

가난한 사람들을 울리며 잘살아 보자는 마음들은 왜일까?

0월 0일

그이의 편지가 왔다. 얼마 만인가 편지조차 제대로 할 수 없는 생활, 내가 열심히 보내면 될 텐데 왜 이렇게 게을러졌을까? 편지를 보내지 않은 지가 오래되었다.

항상 내 곁에 계신 것 같은데, 분명 나와 밤낮이 다른 곳, 아니면 몇 시간이 다른 곳에 계신 분, 요즈음 편지를 쓰려고 하면 그와 내가 다른 곳에 있는 것이 확인되고 싫어진다….

TV에서 부부가 손을 잡고 노래하는 프로만 봐도 괜히 심통이 난다. 그도 나도 음치라 한 번 나가볼 프로도 아닌데 왜일까?

잘 계신다니, 반갑고 선박 교회를 세운다니, 다시 일어나 중보기도 해야겠다.

아홉 번째 일기

0월 0일

임봉남 집사님, 김집사와 상용이, 소영이와 유리는 건강한지요?

김 집사님과 임 집사님 가정에 주님의 축복이 함께 하시길 빕니다.

지난 크리스마스 때 카드 속의 내용이다. 이 카드를 받고 가슴이 찡하여 눈물을 흘렸다.

여수 애양원에 계신 기도짝 아버님의 카드는 나를 다시 애양원으로 달려가게 한다.

'상용이와'의 상용이는 내 남편의 이름이다. 눈이 없는 아버님의 대필자가 김 집사와 상용이를 따로따로 생각하셨던 것 같다. 꼭 한 번 뵙고 기도짝으로 맺어진 후 어렵고 힘들 때마다 기도에 부탁만 드리는 형편인데, 손수 쓰지도 못하시면서 내게 보내주신 카드 속에서 나를 다시 돌아본다.

주님을 사랑한다고 하면서 이웃을 얼마나 사랑했던가, 늘 기도에 빚진 자만 되지 말고 기도해야겠다고 다짐하면서 평안의 집에서 성경을 외우고 계실 그분들을 기억하며 다시 새 힘을 얻는다.

0월 0일

부산을 떠난 지 반년, 모든 것이 그리운 가운데 선교의 간사님들이 오셨다.

한국의 나폴리라 불리는 이곳에서 좀 더 잘 모시지 못하니 못내 아쉬운 가운데 밤은 깊어가고 자매들과의 사랑의 교재는 즐겁기만 했다.

내 집이 있어 편안한 마음으로 자매님들을 대접할 수 있다는 것이 얼마나 감사한지. 자매님들의 바쁜 사역 때문에 가까운 해저터널도 못 가보고 떠나게 된 것이 아쉽기만 하지만 주님께 감사드리는 것은 가끔 찾아주는 수산전문대 형제들과의 사랑의 교재가 계속되기 때문이다.

한 해의 시작이 엊그제 같은데 다시 제야의 종소리를 듣는다.
돌아보면 한 해 한 해가 후회 속에 지나가고, 좀 더 열심히 살지 못한 것들이 마음을 짓누른다. 불평, 불만, 게으름, 기도하지 못한 것. 그럼에도 불구하고 주님은 우리를 사랑하사 내 집을 장만해 주셨고, 소영이 건강도 주셨다.
"정녕 주님! 당신을 위해 살게 하소서! 정말, 이 한 해는 주신 사명 감당하게 하시고, 나보다 못한 이웃을 사랑하게 하소서"

0월 0일

예쁘게 머리 손질을 했다. 제일 좋은 옷도 입었다. 그이는 양복을 입고 넥타이도 매었다. 아직 남편의 넥타이를 매어줄 수 없는 내가 약간은 미안하지만, 그이가 양복을 입는 일은 결혼 후 열 손가락 안에 있었기 때문일 것이다.
결혼 11주년을 그이와 함께 할 수 있다는 것은 축복이다. 그이는 말없이 나를 데리고 사진관으로 가셨다. 그리고는 "아저씨 이 뚱보와 결혼한 지 꼭 11년이 되는 날인데 우리 다정하게 찍어주소." 아내는 남편의 작은 배려에도 이렇게 감동하는 것인가. 사랑하는 딸들의 축하 뽀뽀 속에 우리는 행복했고, 열심히 살자고 다짐하며 11년의 첫발을 내디뎠다.

아들 셋을 입양하여 하숙집 아줌마가 된 것이 벌써 3개월째다.
아들들은 계속 아줌마라 부르지만 내 마음속에 너희들은 입양된 아들이라 생각하며 하루하루를 즐겁게 보낸다.
아빠가 계시지 않는 우리 아이들과 헤어져 있는 시간이 없기에 나는 이 생활에 만족한다.
적어도 이 아이들에게라도 주님의 빛이 되어 전도해야겠는데, 과연 나의 언행이 저들을 전도할 수 있을까. '주님 정말 나를 도와주소서! 이들이 주님 품에 입양되는 날까지.'

열 번째 일기

0월 0일
나의 형편과 처지를 잘 알고 계신 주님, 나의 도움 되시기에 더욱 감사드린다.

큰딸 소영이의 심장 판막 수술을 위해 우리가 기도하며 집을 팔 계획을 세울 때 소영이가 수술하고 부채를 정리하면 당장에 전세방은커녕 사글셋방에 살아야 한다는 처지임을 아시고 주님께서 밀알 선교회를 통하여 도움을 주셨다.

7년 전 두 개의 구멍 중에 한 개가 자연 치료되었을 때 우리는 우리가 가진 것을 주님께 드렸는데 지금 더 많은 것을 우리를 도우시니 어찌 감사 안 하랴.

이름 모를 이들의 도움으로 이 어려운 형편을 이기게 됨을 감사드리며 나 역시 나의 도움이 필요한 곳에 작은 봉사를 하다 보니 얼마나 마음이 즐겁고 편안한지.

그러나 수술을 위해 하숙생을 내보내야 하니 아쉽기만 하다.

작은 기도원 같은 우리 집 새벽이면 학생들의 성경 읽는 모습.

카세트테이프의 찬양 속에서 은혜받으며 저들을 위해 기도했는데, 사랑하는 딸 소영이의 수술이 성공할 수 있도록 주님께 의탁하며 오늘도 살아계신 주님께 나를 맡긴다.

0월 0일

마냥 즐거워하는 소영이와 유리를 데리고 부산을 향해 떠났다.

그이를 만난다는 즐거움과 나의 병치레로 그이와 함께 오래 머물 수 없는 안타까움이 엇갈리는 가운데 아이들이 태어나고 자란 곳.

아직도 우리 아이들이 그리워하는 고향, 다시 이사 가서 살고 싶다는 부산을 찾았다.

7년 동안 몸담았던 곳을 떠나 범양상선 범일호에 승선하신 그이.

1년간의 긴 헤어짐이 없어 좋은 것도 잠시 나의 하숙업이 그의 곁에 나를 묶어두지 못하게 했다. 그래도 이번엔 방학이라 시간은 주어졌는데 나의 건강이 인천행을 허락하지 않으니 그에게 미안할 뿐이다. 다른 가족들은 3~4일씩 함께 할 수 있는데 왜 우린 늘 이렇게 살아야 할까? 약간은 화가 난 얼굴로 4시간이나 우리를 기다렸다는 그이. 이젠 그의 표정에서 마음을 읽을 수 있다. 이럴 때 나는 그의 시녀가 확실히 되어야 한다.

회사 측의 20시 접안이라는 얘긴 통할 리 없다.

겨우 하루를 그의 곁에서 보내고, 인천으로 출항하는 그의 곁을 떠나오며 내내 가슴 아픈 것은 그이가 아직 며칠을 이 땅에서 계실 것이기 때문이다.

0월 0일

수술을 위해 혈관 촬영을 한 후 소영이는 계속 고열에 시달리고 있다. 꼬박 일주일을 먹지 못하고 링거에 의지하며 원인을 찾으려고 해도 의사 선생님도 솔직히 모르겠다는데 소영이는 열을 잘 견디고 있으면서도 먹고 싶어 한다.

금방 포기하면서도 "엄마 생쌀이라도 주세요." 하면서 큰 눈을 껌뻑거린다.

왜일까? 다른 아이들은 괜찮은데 복막염, 맹장염, 살모넬라 별별 병명도 다 나오는데 아직도 병명을 모른 채 백혈구가 올라갔다, 내려오고 잘 놀다가도 추위가 오면 40도에 열이 났다가 해열제 한 번 맞으면 언제 그랬냐는 듯이 말짱하다. 벌써 병원에 온 지 한 달이 가까운데 모든 것을 주님께 맡긴다고 하면서도 염려되고 걱정됨은 왜일까.

11월 14일로 수술 날이 정해졌다. 병원이 어수선하여 수술을 못 하고 가는 줄 알았는데, 협력하여 선을 이루시는 아버지의 뜻이 수술 날을 잡게 하신다.

애양원 선교회 교회 모두에게 기도 부탁을 드리고 수술을 위한 피는 선원 선교회에서 준비해 주셨다. 엄마인 나도 피를 뽑지 않았는데 예수 사랑으로 피를 받고 보니 감사할 따름이다. 김현수, 고상진, 우영미, 김준섭, 정진영, 조성광 한 분 한 분을 기억하려고 하지만 아직 뵙지도 못한 분들이 있다.

무엇보다 감사한 것은 준섭 형제가 준 헌혈 카드 4장을 소영이와 같은 방에서 투병 중인 수현이 수술 때 쓸 수 있다는 것이다. AB형인 수현이는 혈소판을 구하지 못해 며칠씩 입원해야 한다. 말로만 듣던 백혈병, 소아암, 저 아이들에게 내가 왜 위로를 받아야 할까?

다행히 심장병은 병이 아니라고 하면서….

14일이면 김 집사도 입항한다는데 모든 것이 감사할 뿐이다. 전화통 앞을 스쳐 간다. 수화기를 들면 눈물이 난다. 그래도 오늘은 전화해야지. 어제 유리에게 전화도 못 했는데…

"여보세요!"

"엄마!"

"유리야!" 억지로 웃으면서 딸아이와 이야기한다.

"엄마 보고 싶어."

"나도 유리 보고 싶지만, 언니 때문에 못 가니까 유리가 기도해. 겨울 잠바 내일 갔다 입고"

"엄마가 언제 와?"

언제, 언제가 언제일까? 언제 우리 집에 가서 유리와 함께 할 수 있을까

흉부외과에서 보호자 면담을 하자고 한다. 그이는 언제 도착할지 회사에 전화하니 귀국하신단다. 당장 돈이 필요한데 왜 귀국까지 하실까 나와 소영이 생각해 주시는 것보다 먼저 가슴이 철렁이는 것은 돈 때문일 것이다.

이왕 귀국하신다고 하니 이제 다시 감사드리며 살아가자.

0월 0일

모든 기대는 사라지고 다시 열이 난다. 아침나절 36.5도 열이 나기 시작해서 14시가 되면서 40도 이상의 열이 추위와 함께 온다. 아이의 얼굴만 보아도 열이 날 것을 아는 엄마 어디가 어떻게 잘못되었을까 분명 의료사고인데 시인하는 이는 아무도 없다.

그렇다고 심장병 어린이를 위해 일하는 선생님과 싸울 생각은 없는데 소영이는 기도한다.

찬송가를 부르며 소영이도 나도 울었다. 소영이가 눈물을 보이기는 처음이다. 어린 마음에 가슴이 얼마나 아플까 잠든 소영이의 모습에서

천사와 평화를 느끼며 수술은 연기되고 말았다.

아빠를 기다렸다는 듯 소영이는 아빠가 오시고 열이 없어졌다.

"엄마, 나 이제 열로 고생하지 않을 거야. 하나님이 나에게 확신을 주셨어."

"엄마 내가 수술을 해서 죽으면 하늘나라 갈 것이고, 아직 내가 해야 할 일이 남아 있으면 하나님이 돌려 돌려보내 주실 테니 걱정하지 마세요. 그러나 나는 살기를 원하니 엄마가 기도해 주시고 내가 살면 보육원이나 아픈 아이들을 돌보는 일을 할 수 있도록 엄마가 도와주세요. 내가 이번에 다른 아이들이 안 하는 고생을 하는 것도 내가 아파봐야 남의 아픔도 이해하게 될 테니까요."

하나님은 살아계신다. 내일이 수술인데 소영이는 태연하다 오히려 엄마를 위로하고 기도하러 오신 목사님께서 소영이를 위로하러 왔다가 위로받고 간다고 하신다.

아이의 해맑은 미소가 나를 울리고 상체를 면도하고 수술 준비하면서도 태연한 척하더니 찬송을 부르며 운다.

다음 날 수술실에 들어가면서 내게 손 흔들며 웃어주더니 모든 수술은 성공이었고, 심장 회복실에도 호흡기를 거둘 정도로 회복이 빠르고 우리를 위해 기도해 주신 모든 분을 위해 지금 소영이는 기도하고 있다.

지난 크리스마스 때는 애양원 기도짝 아버님께 다녀오고 아이들이 애양원 다녀와서 많이 변했다. 우리의 그릇이 작아 받지 못하는 하나님의 축복, 소영이의 수술로 걱정했던 거와 달리 우리는 빚지지 않았고, 김 집사도 새로운 배로 출국했다.

0월 0일

시골 버스로 30분이면 가는 친정집 창가엔 가을걷이에 바쁜 일손들과 이 집 저 집 담장 가에 잘 익은 감들이 가을을 물 익게 한다.

해마다 오는 가을인데 친정집에 들어서니 텅 빈 집이 더 빈 것 같아 아버지하고 불러본다.

아버님의 대답 대신 마당 가의 아버님이 타시던 자전거에 먼지가 쌓이다 못해 고물이 되어 있음에 울며 방문을 여니 아버님의 사진 한 장만 걸려 있고, 분명 어머님이 그랬을 가을 과일들이 사진 앞에 놓여 있다.

아버지 아무리 불러도 대답 없으신 사진 앞에서 생전에 잘 모시지 못했음을 후회하며 아버님 떠나시고 처음 맞는 가을이 허전하기만 하다.

과실주를 좋아하셔서 담장 둘레에 석류, 모과, 사과, 감, 유자며 우물가에 구기자가 있어야 물맛이 좋다고 하시던 아버님.

가을이 오고 과일들은 무르익었건만 아버님은 계시지 않는다.

들에 계신 어머님을 위해 점심 준비를 하고 집안을 치우면서도 구석구석에 남겨져 있는 아버님의 흔적에 눈물을 흘리며 화단의 국화 송이송이마다 아버님을 뵙는다.

금방이라도 아가 하시며 손수레에 나락을 싣고 들어서실 것 같은 사립문 가에서….

하은이가 자라는 것을 보면 신기하다. 주일마다 달라지는 아이의 모습에서 하나님의 창조가 정말 아름답다는 것을 느낀다. 종종 민호 형제 부부에게서 도전받는데 남산 많은 배를 가지고도 주일학교에 열심하더니 하은이가 태어나 엄마가 몸조리할 동안 아빠가 엄마반 아이들을 가르치는 모습이 얼마나 아름답던지.

요즘 주일날은 하은이가 제일 바쁜 날이다.
아빠의 고물 오토바이에 새 식구가 타고 와서 엄마가 주일학교 봉사할 동안. 아빠는 하은이와 놀아주고, 엄마가 끝나면 아빠는 성가대부터 시작해서 종일 학생들과 하나가 된다. 이들을 보면 봉사하는 일에 핑계는 없어야 한다고 느끼면서도 열심히 하지 않는 자신이 부끄럽기만 하다.
적어도 이제 7개월 된 아기 엄마가 하는 만큼은 해야 한다고 생각하면서도 나의 게으름이 하은이가 유치부 올 때까지 유치부에서 봉사하고 있어야지 하는 마음들을 찢어놓는다.
기침감기에 고생하는 하은이를 내일은 만나리라는 기대에 천사 같은 하은이의 모습을 그리며 나를 사랑하시는 주님께 나의 잘못을 고백한다.

0월 0일

전화는 혼자 있을 때 하실 수 없나요? 당신의 음성을 혼자 듣고 싶은데, 하필이면 왜 사람들이 많을 때 하셨나요?

당신에게 사랑한다는 말도 못 하고, 나를 사랑한다는 말에 대답도 못 하고, 바람결에 스쳐가는 당신의 음성도 나는 혼자서 음미하고 싶은데, 전화에다 못한 말, 당신의 아내가 되어 행복해요. 주님의 평안이 당신과 함께.

열한 번째 일기

0월 0일

마음이 섭섭하고 상하여 견디기 힘들 때 발걸음이 이르는 곳, 아늑함, 어머님의 품 같은 곳이 나에게 있기에 얼마나 행복한가. 돌담길 따라 골목을 돌아서면 담쟁이덩굴 향기 가득하고, 낡은 종탑 아래 닭들이 자유롭게 노닐고 잘 가꿔진 화단이 있는 전도사님 사택은 우리들의 웃음과 슬픔, 무수히도 많은 사연이 숨어 있었다.

예배 시간 30분 전에 우리는 종을 치기 위해 서로 다투어 교회를 향했고, 농사일로 교회를 못 가는 시간, 그 종소리에 눈물 흘리던 일, 교회라고 해야 양철 지붕에 양철과 나무로 이어 붙인 벽, 찬바람이 얼굴을 스치고 발이 꽁꽁 얼고 삐걱거리는 풍금, 그것조차도 반주할 사람이 없어도 우리는 얼마나 행복했는가? 아무것도 모르던 철부지 시절, 부모님 몰래 교회 다니면서 부모님을 위해 기도하고 성탄절 연습을 할 때마다 몇 번씩 집에서 쫓겨나면서도 그 일을 쉬지 않았던 작은 믿음.

20리 길을 걸어 새벽송 다니며 어느 해는 집사님 고깃배에 타고 한산섬 일주하며 교회마다 문안 다녔던 일, 그때 가장 부러운 것은 부모님이 모두 교회 다니는 친구였고, 그래서 나도 '예수님 곰보도 좋고 째보도 좋으니 예수 잘 믿는 신랑 만나게 해 달라'고 기도한 것이 초등학교 4, 5학년 때부터이니 하나님이 어찌 기억하시지 않겠는가.

시계조차 없던 시절, 새벽 기도 가면 교회당 밑에서 2시간 기다리고 있어야 교회의 문이 열렸었고, 그때는 고집이나 아집을 부릴 줄 모르는 순진한 아이였는데 왜 이렇게 마음이 강퍅 하여 졌을까?

그때의 말씀 아흔아홉 마리의 양 속에 한 마리의 염소가 있어야 순한 양들이 몰려서 잠들어 그들의 열로 인해 죽어가는 양들 틈을 뿔난 염소가 휘젓고 다녀야 죽지 않는다고 하시면서 그러나 여러분은 양이 되고 염소는 되지 말라고 하시던 말씀.

이제 돌담 골목도, 양철 지붕도 사라지고, 현대식 건물이 아름다워도 내 머릿속에는 아직도 어린 시절의 양철 지붕과 풍금 소리만 쟁쟁거린다. 갈 때마다 뵙지 않은 분들, 하늘나라 가셨고, 나를 가르치던 선생님은 늙으셨고, 내가 가르치던 아이들이 청년이 되었는데, 왜 나는 염소가 되어 위로받기를 원하는지, 늙으신 권사님의 눈물 어린 모습에서 위로받기보다는 위로하는 어른이 된 모습을 보여야겠다고 발걸음을 돌린다.

열두 번째 일기

주님, 육일상사 폐업을 감사드립니다.

세무서에다 폐업 신고를 하고 오면서 참으로 좋으신 주님께 내가 세상 욕심을 버릴 수 있게 하신 것을 감사드렸다.

빚만 갚으면 수입의 반은 선교하겠다고 시작했는데 장사가 잘되고 돈이 잘 벌리게 되니 자꾸만 나의 욕심이 세상 쪽으로 흘러가고 있을 즈음 가게 문을 닫게 하시고 새로운 건물이 지어질 때까지 쉬게 하시고 나를 돌아보게 하시는 주님께 감사할 뿐이다.

잠시 쉬어가는 세상인데 오늘이 내게 준 최고의 날이라고 생각하며, 내일 나에게 어떠한 일이 생겨 나보다 못한 이들을 돌아볼 수 없게 될지도 모른다는 생각으로 살아야지 했는데, 하루하루 살면서 나도 어쩔 수 없이 허영으로 가득 찬 여자였음을 고백한다.

가게는 분명 내 가게인데 가게의 주인이 따로 있어 비워줘야 했고, 내가 할 수 있는 말은 다시 지어지면 내가 살던 한 칸은 내게 달라고 사정하는 것뿐이었다. 나의 생명도 분명 내 것일진대, 주인이 주님이시니 주께서 부르시는 날 가게처럼 다시 돌려달라고 사정할 수도 없을 텐데, 이제 다시 가게 문을 열게 되면 좀 더 성숙한 신앙인이 되어 잘 섬길 수 있도록 준비해야겠다.

혼자인 것이 서러울 때 감사한 것은 주님을 찾을 수 있다는 것이다. 주님 내가 혼자라 울고 싶습니다.

내 남편이 보고 싶어요. 조카 결혼식에 나 혼자 가야 하나요 주님께서 짝지어주실 때 둘이 함께하라고 하셨잖아요. 주님 지금 내 반쪽은 어디 계신가요? 주님 보고 싶은데 속히 보내주실 수 없나요? 남들이 함께하는 시간, 우리가 같이하지 못하는 시간만큼 더 오래 살아야겠으니 건강을 지켜주세요.

예수님 앞에 한참 동안 어리광을 부리다 보면 주님은 내게 평안함을 가져다주기 때문이다.

아직 시댁이나 친정 어느 쪽 결혼사진 어디에도 나의 얼굴은 없다. 누구와 누구가 부부라고 짝을 찾는 사람들의 눈이 나에게 머물 때 내 남편이 없다는 것이 싫어서 찍지 않은 사진….

이번엔 주홍색 고운 한복도 한 벌 해 입었는데, 정작 고아라 좋아해 줄 사람이 없다는 것이 화가 난다. 바다로 보내지 말아야지 하는 마음이 나를 충동질하면서 액자 속의 그이와 마주한다. 당신도 나와 아이들이 보고 싶겠지요. 우리는 지금 힘들어도 참고 견디어 나갑시다. 언젠가는 함께해야 할 시간들이 있겠지요. 함께하지 못해도 늘 함께 계신 것 같은 당신의 아내 되어 행복함을 느끼며 사는 여자가 기도한다는 것 기억하세요.

요즘 나에게 애인이 생겼다. 나는 그를 애인이라 부르고, 그는 나를 마담이라고 부른다. 나이 43살, 아직 결혼도 못 하고 팔은 팔대로 다리는 다리대로 어느 쪽이 왼발인지 오른발인지도 모르게 질질 끌고 다니는 '삼돌이'라고 하는 그를 이곳에 와서 만났다. 처음 그를 만났을 때 지독한 장애인이라고 생각하면서 어쩌다가 얼굴까지 망가졌을까 열심히 뭐라 해도 알아들을 수가 없다. 말 한마디 하려면 얼굴 전체가 돌아간다.

그가 처음 우리 가게에 와서 김밥을 3인분이나 먹자, 내가 돈을 받지 않겠다고 하니 돈을 오천 원을 탁자 위에 놓고 나갔다. 장애인이라고 무시할 것 같아서 그 후로 그가 오면 유달리 크게 싸는 김밥, 커다란 대접에 국물을 하나도 남기지 않고 마시고 나가면서 말없이 탁자 위에 계산해 놓던 아저씨…….

그 아저씨가 며칠 동안 보이지 않아 궁금하던 차에 나타나서 들려준 가슴 아픈 얘기는 그가 13살 때 뺑소니 차에 치여 교통사고를 당했고, 아버지는 군에 가서 소식이 없고, 어머니는 어린 동생들과 살길이 없어 어려웠고, 병원에 있는 아들 입원비가 없어 도망갔다고 했다.

병원에서 보육원, 보육원에서 뛰쳐나와 어머니를 찾았지만 찾지 못했고, 그때부터 공판장에 아저씨들 손에서 키워졌다고 했다. 몸이 불편할 뿐이지 건전한 정신을 가지고 사는 아저씨, 그는 오늘도 우리 집

앞에 생선을 가득 가져다 놓는다.

생선 냄새 가득한 빨래를 빨아주는 내 친구 조집사, 불편한 그를 병원에 데리고 다니는 공판장 아저씨들, 호적도 없는 삼돌이 아저씨에게 강원철이라는 호적을 만들어 준 이민호 집사님, 누가 세상을 험하다고 했던가. 아직은 아름다운 세상, 내일은 내게 없노라.

오늘을 최후의 날로 생각하고 열심히 살자.

열세 번째 일기

이 밤이 새고 나면 떠나야 할 사람이 깊은 잠에 빠져 있다.

아내가 무슨 생각을 하고 잠 못 이루고 있는지 알지도 못하고 잠든 사람의 얼굴을 바라본다. 눈가에 깊이 파인 주름이 이제는 늙어가는 사람임을 말해주는데 나의 가슴속에는 서러움이 솟아오른다….

이제는 정말 바다로 보내지 말아야지 하는 것이 벌써 몇 번째인가. 정말 헤어짐의 연속은 하기 싫은데 또다시 짐을 싸게 된다. 가게 일을 핑계로 그의 한해살이 살림을 챙겨주지 않았음은 작업복, 속옷, 양말, 책, 타올, 치약 등등. 한 가지, 한 가지 가방 속에 넣을 때마다 내 가슴이 터져 나가는 아픔을 느끼기 때문에 애써 그 순간을 맛보지 않으려 함이라.

일 년 삼백육십오일을 늘 함께 있어도 아쉬운 마음일진대 이제 떠나면 언제 다시 만나게 될지 한국 입항이라는 소식은 또 언제나 있게 되는지. 그래도 가끔은 한국 입항하는 불 귀항선이 아니라는데 우리의 희망을 걸고 짐을 싼다.

십여 년을 살아오면서도 우리가 함께한 시간은 너무 적기에 그이가 잠든 모습조차도 내 곁에 계실 때 가슴속에 담아두고 싶다.

지금 이 사람은 무슨 꿈을 꾸고 있을까? 두고 가는 아내와 두 딸 덩치만 컸지, 건강하지 못한 아내가 가게는 잘 이끌어 나갈 수 있을는지. 중3이 된 소영이의 건강과 진학 문제, 조금은 사치성도 있고 발랄한 유리의 사춘기, 이 모든 걱정을 하나님께 맡기고 망망한 바다의 꿈을 꾸고 계시리라.

멍하니 천정만 바라보고 누워 날이 밝지 말았으면 하는데, 그이가 팔을 펼쳐 나를 찾는다. 내일 밤이면 이 사람의 팔베개 대신 내 곁에 두 딸이 누워 있겠지. 이 사람은 아내도 딸도 없는 작은 침대에서 우리의 사진을 놓고 한 사람 한 사람을 불러가며 우리를 위해 기도해 주시겠지. 나도 이제 새 힘을 얻고 열심을 내어 떠나는 우리의 대장을 위해 기도하리라.

어떻게 살아야 그리스도인인 걸까?
한 평 반 남짓한 작은 가게 중앙에 전 집사님께서 선물해 주신 '나의 힘이 되신 여호와여 내가 주를 사랑하나이다. 시편 18편 1절 액자가 걸려 있다. 선물을 받아놓고도 걸지 못하고 몇 날을 집에 두고 다녔는데 어느 날 김 집사가 가게 중앙에다 걸어놓았다.

성경 말씀을 걸어놓고 나의 언행이 빛이 되지 못하고 예수쟁이 별수가 없다는 소리 들을까 봐 걸지 못하고 있었는데, 막상 걸어놓고 보니 마음이 편해진다. 내가 용기가 없어서 걸지 못한 말씀을 김 집사도 몇 날을 기도하고 걸었노라고 고백한다.

꼭 같은 가게라도 예수쟁이 가게는 달라야 한다.

믿지 않는 사람들에게 예수쟁이 별수가 없다는 소리 듣기 전에 믿는 사람은 뭐가 달라도 다르다는 말을 들어야 하겠다.

내가 작은 액자 하나 걸면서도 용기가 필요한데, 많은 그리스도인이 사업을 하면서 얼마나 많은 기도와 용기가 필요했을까. 이전에는 그냥 스쳐 가던 성경 말씀의 간판을 대할 때마다 그분들의 믿음과 용기를 다시 배운다.

작은 공간에서 쌀 한 가마가 넘는 덩치가 움직이기조차도 힘들지만, 주님께서 허락하는 사업장이 선교의 밑거름이 되기를 소원하며 정말 주님께서 보시기에 좋았더라는 칭찬받는 가정과 장소가 되었으면 좋겠다.

그런데 떠나버렸다.

새벽 장사를 위해 가게에 있는 동안 그이가 잠시 내려와 다녀오리라고 하더니 금방 시외터미널이라고 한다.

조금만 기다려 주었더라면 내가 집에 올라갈 텐데 왜 혼자 떠났는지 커다란 가방 끌고 떠나는 모습을 보이기 싫었음을 그것이라고 이해는 되면서도 화가 난다. 인천까지는 못 가더라도 시외터미널까지는 가서 손 흔들어주고 싶은 아내의 마음을 왜 읽지 못했을까.

온종일 일이 손에 잡히지 않는다. 어디쯤 가고 계실까 생각되면 전화가 온다. 대구라고, 서울이라고, 인천이라고. 그리고 회사에 도착되었노라고. 이제 얼마의 시간이 지나면 이 음성조차도 나와 멀어져 가리라는 생각을 하니 가슴이 미어져 온다.

짧은 휴가를 시험공부에 매달리고 가게 준비에 고생만 하셨는데, 좁은 공간에 손수 이 모퉁이 저 모퉁이 앵글로 선반을 만드시고 구석구석 그의 손길이 닿지 않는 곳이 없다.

좁은 공간에 내가 앉아 쉴 곳이 없다고 염려하시던 그의 안타까운 마음을 알고 있기에 용기를 내어 열심히 살아가련다.

내 눈 앞에 펼쳐진 바다 끝 어딘가에 계신 그이를 생각하며 집에 올라오니 마루에 녹즙이며 벗어놓고 가신 옷가지들, 그이와 함께 호흡하던 모든 것들이 나를 울린다.

혼자서도 잘할 수 있다고 하시더니 녹음기를 두고 가셨다.

가게만 아니라면 아직도 몇 날을 인천에 계셔야 한다는 그이를 녹음기 핑계 삼아 만날 수도 있을 텐데, 어쩔 수 없이 항만 전화가 되지 않는 순간까지 그의 음성을 들을 수 있는 것에 위안 삼고 펜저니호에서 한 해가 승리하시기를 기도한다.

한 치 앞을 내다볼 수 없는 짙은 안개 속에 어젯밤 어장을 위해 바다로 나간 배들이 빈 배로 돌아온다.

밤새 고생만 하고 빈 배로 돌아오는 선원들의 지친 어깨, 고기를 잡지 못한 날은 새벽잠도 포기해 버리는 선원들. 만선을 하는 날보다 고생은 더 많이 할 텐데, 선원들의 축 처진 어깨에는 온갖 근심이 가득하다.

생선을 기다리는 아줌마들도 함지박을 깔고 앉아 바다만 바라본다. 어느 배라도 만선을 해 돌아와야 우리 가게도 술렁이고 저 아줌마들도 돈을 벌 텐데, 바다는 말이 없고 배를 기다리는 조급한 마음들이 부둣가에 늘어섰다.

바다를 터전으로 살아가는 사람들은 이렇게 많은데, 예수를 아는 사람은 너무 적은 이 땅. 예수님이 가르쳐주신 베드로의 어장 법을 속히 저들에게 전해야겠는데, 이곳은 믿는 이들조차 뱃사람들은 전도할 수 없다고 포기해 버린다.

동호만을 커피 캔을 들고 전도하던 시간, 커피조차 거부하던 선원들에게서 전도의 도전을 받고 이스라엘이라는 작은 배를 만나 손 흔들며 기쁨을 나눈 순간들을 기억하며 내일은 이 바다에 모든 배들이 만선을 하여 저 선원들의 어깨가 으쓱해질 수 있도록 기도한다.

보고 싶은 얼굴이여

사랑, 미움, 그리움 그 속에

다가서는 얼굴 있기에

오늘도 내일도 어제처럼

돌고 도는 세월

하나, 둘 당신의 분신이

나와 함께 있기에

이 아이야 이 아이야 꼭 안아 주네

당신이 그리운 날 꿈 꾸었소.

우리가 주고받은 편지첩이 두꺼워지는 만큼 우리는 헤어져야 하고, 훗날 이 편지들이 한 권의 책이 될 즈음에야 우리는 함께 할 수 있겠지만, 그때까지 그리움을 편지에 쏟고 한날, 한날을 부두에서 아빠를 기다리는 작은 꼬마, 아빠와의 첫 만남을 부두에서 만나려는 예쁜 아기, 옹기종기 모여 앉아 사랑하는 사람을 기다리는 아내들, 그 속에 섞여 살며 이제 제법 익숙한 선원의 아내로서 우리의 해운업계가 하루속히 불황에서 벗어나고 그이가 몸담은 회사가 잘 되며 그이의 배가 오늘도 안전 항해하기를 기도드린 후 하루를 연다.

2부 남편의 편지

첫 번째 편지

사랑하는 여보.

지금 새해가 시작되는 아침이구려. 여기 데블린에 입항하여 다시 당신과 마주하며 주님께 감사드린다오.

지금 새해가 시작되는 이 시간, 올해도 주님의 은혜 속에서 우리 가정이 성장하기를 빌며 주님을 믿는 모든 성도들과 우리 선원선교회를 위해 기도했다오.

사랑하는 여보. 지난해에도 우리의 가정과 우리 사랑을 굳게 하여 주신 주님께 감사드리며 또한 우리의 신앙이 잘 자라듯이 우리의 사랑이 더 깊어 지도록 노력하며 기도합시다.

어제는 선원선교회와 선원클럽에서 주님을 증거하며 복음 전하는 사람들이 왔기에 같이 이야기했더니 역시 주님을 믿는 성도들은 마음이 통하기에 말은 잘 소통이 되지 않았지만 한마음이 되어 주님께 영광돌리며 기도 했다오. 같이 집에 가 보았더니 많은 세계 각국의 전도자들이 꽉 차 있는 것을 보고 놀랐다오. 그분 집에 가서 많은 선물을 받았다오. 별것은 아니지만, 주안에서 같이 사랑하기에 이런 만남이 있고 무엇이든 받기보다는 주기를 즐거워하는 것을 볼 때 얼마나 주안에서 사랑이 감사한지….

오늘도 점심때가 되면 여기에 오기로 했다오. 다 같이 찬송가도 부르며 기도할 것이오. 언어만 통하면 더욱 즐거운 시간이 될 것인데 말이 통하지 않는 것이 정말 아쉽구려.

여기에 와서 어려운 일들도 있지만 그래도 매일 감사하며 생활해 나가는 것도 성령님의 역사가 함께하시기 때문인 것 같소. 그러니까 당신을 더욱 사랑하게 되는가 보구려. 어제 그 선교사도 자기 집에서 자기 아내를 가리키며 자기가 사랑하는 것은 자기 아내뿐이라고 잘하는 것을 볼 때 주님의 안에서만 참된 가정이 이루어진다는 것을 새삼 느낀다오.

여기는 별로 춥지는 않아도 오늘 약간의 비가 오는구려. 세계 지도를 보면 당신과 나 사이는 정반대되는 곳에 있지만 그래도 하나라고 생각하면 찬송이 절로 나온다오.

지금 여기 새벽 6시니까 그곳은 오후 6시가 되겠구려. 두 딸도 새해는 더욱 주안에서 자라도록 기도합시다. 그리고 여기 10달러 동봉한다오. 이제는 한 달에 50달러씩 주던 것도 다음 달부터는 없어진다니까 필요한 용품을 사는데도 약간의 어려움이 있을 것 같소. 그래도 다 주님께서 채워 주시리라 믿기에 걱정은 하지 않는다오.

어제 선교사 집에 가면서 비누 몇 장을 사야 한다고 하면서 슈퍼마켓에 잠시 들리자 했더니 자기 집에 비누가 많다고 하면서 집에 가서 주는데 내가 몇 년을 써도 남을 정도로 주는구려. 필요하면 더 가져가라고 하면서 억지로 주는구려.

하나님께서 나의 사정을 아시고 주시는 것인가 생각하니 정말 감사하다오. 여기 돈이 한국 돈으로 9천 원 정도 되니까 내가 지난번 귀국할 때 내가 주님께 못 바친 돈이 8천 원인데 이것을 선교회에 내던지 교회에 내든지 알아서 내도록 하오. 그리고 내가 매달 5,000원을 선교회에 내기로 했는데 여기 매달 나오는 돈이 없어져 내가 여기서 못 부치니까 월급에서 매달 5천 원씩 떼어다가 선교회에 내도록 해주오.

이곳에서도 앞으로 어떻게든 주님께서 채워지실지 모르지만, 여기에서 낼 수가 있으면 더욱 좋겠다는 생각이 든다오.

전에는 나에게 이익이 생기지 않으면 불평부터 먼저 했는데 이제는 이것도 감사하는 마음으로 받아들이니까 마음이 기뻐진다오. 우리의 부족하심을 아시는 주님이 늘 채워 주시리라 믿는다오.

사랑하는 여보, 이 해가 다 가면 우리 만날 수가 있겠구려. 지금 그

립고 보고 싶지만, 우리의 사명이라 생각하고 열심히 기도하며 사랑합시다. 두 딸 건강도 주의하길 바라겠소.

주가 우리와 함께하신다. 할렐루야!!

내일부터 작업하여 끝나면 스코틀랜드에 간다오.

어디에 있든지 당신과 함께하는 한 지체가

추신) 사랑하오. 여기 대리점 덴마트 주소가 있는데 이곳으로 편지해도 잘 오지 않는다고 하는구려. 그냥 회사로 보내는 것이 좋겠소. 또 2월부터 차드가 바뀔지도 모른다니까 당분간 회사로 편지 보내도록 하오.

두 번째 편지

인도를 출항하여 말레이시아로 항해하면서 당신이 많이 생각난다오. 당신과 같이하던 때가 엊그제 같은데 한 달이 넘었구려. 이렇게 부정기적으로 다니니까 당신의 서신을 받아볼 수가 없어 더욱 소식이 궁금하고 당신이 그리워진다오.

여보, 지금쯤 당신은 무얼 할까 생각이 드는구려.

언제나 보아도 보고 싶은 당신이기에 당신의 생각만 가득하오. 지금은 추위가 심하게 느껴지는 계절, 두 딸과 당신의 건강이 염려되기도 하지만 언제나 함께하시는 주님이 계시기에 언제나 안심한다오.

이곳은 더워서 탈이지만 언제나 즐거운 생활을 하고 있다오. 이번에도 말레이시아에서 화물을 싣고 인도로 가게 되었구려. 내가 자꾸 이쪽으로만 다니니 당신을 만날 기회는 힘들겠구려.

여보 당신을 사랑하는 마음은 더욱 깊어가는데 우리의 거리는 너무 먼 것만 같다오. 그래도 당신의 사랑이 내 가슴속에서 언제나 숨 쉬고 있기에 당신의 모습을 언제나 느낄 수 있소. 어떨 때는 이런 생활에서 벗어날 궁리를 해보지만, 이것도 주님께서 나에게 주신 일이라고 생각한다오.

여보, 우리 서로 그리워하는 생활이지만 우리보다 못한 사람을 생각하며 참고 견딥시다.

같은 선원 중에서 우리보다 못한 사람도 있고, 위험한 작업을 하는 어선들은 3년이라는 세월을 가족과 헤어져 있는 것을 볼 때 우리는 그래도 조금 나은 편이라고 생각하며 위안을 받는다오. 언제나 당신을 생각하면 이렇게 헤어져 생활하는 것이 괴롭지만 우리에게 주신 주님의 뜻이라고 받아들이고 우리 행복 키워 갑시다.

오늘도 망망한 바다를 바라보며 바다가 우리 사이를 떼어 놓았지만, 이 바다가 연결되는 곳에 당신이 있다는 생각에 힘을 얻는다오. 사랑하는 여보, 우리 이 세상 살아가는 동안 함께 노력하며 최선을 다합시다. 주 안에서 생활할 때 주님이 지켜주시리라 믿는다오

여보 두 딸과 건강하길 주님께 빕니다.

-당신의 남편 상용-

세 번째 편지

사랑하는 여보, 긴 항해 하는 동안 주님의 은혜로 무사한 항해를 하면서 당신과 마주한다오.

무더운 날씨가 이어지는 시기구려. 두 딸과 당신의 건강이 어떠한지 궁금하면서도 하나님이 같이 해주신다는 믿음으로 주님께 맡기니까 아무 걱정 없다오. 언제나 우리와 함께하는 주님의 크신 은혜를 생각할 때마다 우리 매일 감사하며 찬송해도 부족할 것뿐인데 주를 믿지 않는 사람들의 우상숭배를 볼 때마다 답답함을 느낀다오.

이번에 태평양 날짜 변경선을 통과하면서 고사를 지내는데 얼마나 주님 앞에 고개 들 수 없는지 주님 섬기는 기사와 나는 우상에게 절하지 않았지만, 이 사람들이 왜 주님을 멀리하고 우상 앞에 간구하는지 어떻게 해야 이 사람들이 주님을 알 수 있을까 전도하지 못하는 부족한 자신이 미워진다오.

이번에 나와 같이 온 선원들이 전부 교체가 되게 된다오. 이제 주를 믿는 성도들은 한 사람도 없어지게 되는데, 교대하러 오는 선원 중에 주님의 성도들이 와야 할 텐데 좀 걱정이 된다오. 모든 것을 아시는 주님께 간구하며 이 소망교회를 주님께 맡긴다오.

이번에 고사를 지내면서 믿지 않는 사람들, 우상에게 안전 운항이 이루어지도록 빌었지만, 고사 지낸 12시간 후에 기관 사고가 났다오.

별로 큰 사고는 아니었지만 이런 일을 모두 주님만이 우리를 주관하시며 우상은 아무것도 주관하지 못하는 것을 알 수 있었는데, 믿지 않는 이들은 우연히 이런 일이 일어났다고 생각하니 마음의 문이 꽉 닫혀 있는 것을 볼 수 있었다오. 우리 이런 사람들을 위해 기도하는 시간 가집시다.

당신이 사준 약 지금 사흘째 먹고 있는데 지금 놀라운 효과를 보고 있다오. 매일 다리가 노곤하고 피로하던 것이 지금 약을 먹으니까 이런 증세가 싹 없어지고 일을 해도 피곤한 줄 모르겠다오. 사랑하는 여보 당신의 사랑이 함께함으로 더욱 효과가 나는 것 같다오.

사랑하오. 우리 만나는 날 몇 개월 남았지만 언제나 함께하시는 주님께 감사하며 우리의 사랑 만날 때까지 모았다가 서로 내어놓는 시간 같이 나누도록 합시다.

여보 사랑하오. 주님의 은혜가 함께 하기를 빌겠소.

-당신의 남편이-

네 번째 편지

일본에서 당신의 서신, 마주하고 즐거운 가운데 당신의 얼굴 그리며 언제나 함께하시는 주님께 감사하다오. 어려운 중에서도 열심히 노력하는 당신을 볼 때 내가 너무 당신께 도움이 되지 못하는 것 같아 마음이 아프다오.

계속 미국 달러는 하락하고 물가는 오르고 이런 것도 우리를 단련시키려는 시련이라고 생각합시다. 여기 일본은 당신과 가장 가까운 곳인데 당신 곁에 가지 못하는 것이 아쉽기만 하다오. 보고 싶구려.

이제 한국에도 민주정치가 들어서려는가 생각하니 즐겁고 그로 인한 모든 문제가 해결되기를 바랄 뿐이라오. 우리 기도 열심히 해야 할 것인데, 내가 요즘 게을러서 기도하는 시간을 딴 데 보내고 있어 더욱 노력해야 할 거 같구려.

이번에 선원 교체는 되지 않고 싱가포르에서 교체될 예정인 것 같소. 지금 아직 약을 먹고 있는데 열이 조금 나는 것 같구려.

생각 같으면 조금 더 먹으려고 생각 중인데, 한약 점에 가서 문의해 보고 무엇 때문에 열이 많이 나는지 알아서 괜찮다면 5~6첩을 다음 교대자 편으로 보내길 바라오.

내 생각에는 부자가 들어서 그렇지 않나 생각된다오. 지금 큰 효과를 보며 일을 많이 해도 피곤한 줄을 모른다오. 녹용은 이쪽이 싸니까 한국에서 한약을 짓는 것보다 훨씬 싸게 먹히는구려.

여보. 우리 만날 날 아직 많이 남았지만 만날 날을 기다리며 우리 사랑 더 크게 맺게 합시다. 당신과 한 몸 된 것이 엊그제 같은데 우리의 만남은 멀기만 하구려.

여보 사랑한다오. 당신의 글짓기 노조에 응모한 것 당신의 기쁨이 있길 바라며 당신을 내게 주신 주님께 감사한다오. 이번 교대자 중에 주께서 주님의 성도들이 오도록 우리 기도합시다.

무더운 날씨 당신과 두 딸의 건강 유의 바라며 주님 은혜 있길 빌겠소.

-당신의 지체가-

다섯 번째 편지

벌써 12월이구려.

그곳에는 지금쯤 크리스마스 캐럴이 거리를 울리고 있겠구려.

사랑하는 여보. 추운 날씨에 어떻게 지내고 있는지 주님께 맡기지만 이렇게 멀리 떨어져 있으니 걱정 아닌 걱정이 된다오. 무엇보다 당신의 건강이 좋아졌다니 안심한다오.

무엇보다 여보, 더 약을 먹어도 되겠다고 생각되면 더해 먹도록 하구려. 우리 모두 건강 외 무엇이 소중한 게 있겠소. 두 딸을 낳고 당신 약 한 첩 해주지 못한 거 너무나 후회가 된다오.

여보 추운 날씨에 힘든 직장에 나가려고 하지 말고 두 딸과 당신의 건강을 생각하길 바라오. 당신이 아프면 어떻게 된다는 것을 당신이 더욱더 잘 알지 싶소.

이곳은 계절이 없어 매일 무더운 날씨만 계속되므로 세월이 어떻게 가는지 모른다오.

나는 사랑하는 당신과 두 딸이 보고 싶은 것이 병이지, 딴 걱정은 없다오. 너무 시간이 없는 관계로 당신에게 전화 한 통 제대로 못 하겠구려.

언제나 보고픈 당신이기에 매일 당신 생각밖에 하지 않는다오.

여기 소망교회 성도님들 열심히 예배보고 있고, 특히 어려운 사람이 있는 고국을 위해 기도한다오. 이번에도 KAL기 추락 사고가 발생한 것을 여기에서 소식 들었다오.

또 선거도 시작됐겠구려. 주님께서 기름 부으심 받은 자가 뽑힐 수 있도록 기도합시다. 이 편지 받을 때는 선거가 끝났겠지만, 다음 편지 때 소식 알려 주기를 바라오. 우리의 보금자리 위에 기도 쉬지 말며 우리 만날 수 있도록 기도합시다. 사랑하는 여보, 추운 날씨에 건강주의 바라며 주 안에 믿음의 생활 더욱 노력합시다.

성탄절도 며칠 남지 않았구려. 주님 오신 날 더욱 기쁜 일이 있기를 바라며 이만 줄인다오.

-당신의 지체가-

여섯 번째 편지

인도를 항해하는 중에 당신과 마주한다오. 이제 여기 온 지 한 달도 되지 않았는데 당신과 두 딸이 그리워지는구려 앞으로 11개월 어떻게 지낼까 생각하면 암담하게 느껴진다오.

사랑하는 여보, 지금 그곳에는 쌀쌀한 바람이 불고 있겠구려. 환절기에 당신의 건강이 어떠한지 두 딸의 건강이 어떠한지 주님께 맡기는 생활을 하면서도 서로가 보지 못하니 마음이 쓰이는구려. 당신 약은 지금쯤 다 먹었으리라 생각되는데 부족한 느낌이 들면 더 먹도록 하오. 무엇보다도 당신의 건강이 제일 중요하니까 더욱 건강에 주의하길 바라오

여보 사랑하오. 여기는 매일 덥기 때문에 계절이 어떻게 되는지 모르겠다오. 많은 사람들이 예배에 참석하니 기분이 좋고 예배를 인도하는 선장님도 이번에 이렇게 많이 참석하니 염려가 없다고 하면서 즐거워한다오. 하나님의 사람이 함께하기에 더욱 좋은 분위기를 만들 수가 있다오. 이 배는 싱가포르를 중심으로 주로 인도에 가고 있다오.

우리의 거리가 너무 먼 것이 아쉽지만 주님이 함께하신다는 것을 생각하면 새 힘이 나는 것 같구려.

어려운 생활을 꾸려가는 당신에 비하면 여기의 생활은 아무것도 아니라고 생각한다오.

여보 어려운 일이 있을 때마다 당신 혼자서 처리하려면 고생이 많은 줄 알고 있다오. 우리 더욱 열심히 노력하며 좀 더 나은 생활이 되도록 노력합시다.

사랑하는 당신에게 늘 미안한 마음이라오. 여보, 우리 사랑으로 어려움을 참으며 함께 노력합시다. 언제나 주님이 함께하신다는 믿음으로 이겨나갈 때 행복이 우리와 함께하리라 생각한다오. 여보 날이 갈수록 당신을 더욱 사랑하오

주님의 은혜가 함께 하기를 빌면서 다음 당신과 마주하길 바라며

－당신의 한 지체－

일곱 번째 편지

사랑하는 여보, 귀국자 편으로 몇 자 적는다오.

보고픈 당신이기에 어제 편지를 보내고 또 당신과 함께하고 싶구려

지금 한창 추울 때인데 어떻게 지내는지 궁금하다오. 당신 건강은 어떠하오. 이 배에서 마치고 내릴 때 녹용을 한 첩 더 사려고 하는데 당신 약 먹고 아직 건강이 좋지 않은 것 같구려. 소중한 당신이기에 언제나 염려된다오.

사랑하는 여보, 건강 좋지 않으면 직장에 나가지 마오.

물질의 풍족함보다 당신이 더욱 소중하다오. 여보 우리 아직 어렵지만, 우리 사랑이 영원한데 무엇이 더 바랄 것이 있겠소. 당신과 두 딸 건강하면 아무 바랄 것이 없다오

이번에 여기 싱가포르에서 화물 내리고 인도네시아에서 실어 인도에 가게 되었구려. 성결교회 있는 곳에는 갈 예정은 없구려. 주님께서 역사하시면 모든 것이 이루어 주시리라 믿는다오. 여기 생활 좀 더워서 탈이지, 별로 힘든 것은 없다오.

이곳 걱정은 하지 말기 바라며 두 딸과 당신의 건강 언제나 주의하길 바라오. 이제 두 딸도 학교에 다니겠구려. 우리의 만남이 엊그제 같은데 벌써 두 딸의 학부모라 생각하니 세월이 너무 빠른 것 같고 실감이 나지 않는다오.

사랑하는 여보, 우리 빨리 만날 수 있도록 기도합시다. 어떤 사람들은 세월이 가면 별로 보고 싶지도 않는다고 하는데 나는 더 미치도록 보고 싶으니 이것도 병인지 당신을 너무 사랑해서인지 알 수 없을 때가 있다오. 여보 사랑하오.

주님의 은혜가 함께 하길 빌면서 다음 시간이 나는 대로 당신과 마주하길 바라며

-당신의 지체가-

여덟 번째 편지

할렐루야!

오늘 주님 오신 날 이곳에서 우리 성도님들이 모여 찬송과 영광을 주님께 돌리며 즐거운 시간을 가졌다오. 사랑하는 여보, 이날을 맞아 우리를 구원하신 주님께 더욱 영광 돌이며 우리 가정을 이루어 주신 하나님께 감사합시다.

비록 항해 중에 주님의 기름 부은 자 없는 선상에서나마 크리스마스 트리를 만들고 합심하여 기도할 때 얼마나 주님의 은혜에 감사한지 모른다오.

그곳에서는 지금 혹한 추위 속에서 '기쁘다 구주 오셨네' 찬송이 곳곳에 울리고 있겠구려. 이런 기쁜 날 당신과 두 딸에게 선물 하나 못하는 우리에게 주어진 환경이 미워질 때가 있다오.

사랑하는 여보, 먼 곳에서 당신에게 보내는 것은 사랑한다는 마음뿐이라오. 여보 우리 주안에서 찬송할 때 몸과 마음이 하나라는 것을 기억하며 우리 만남을 기다려 봅시다.

이제 이 해도 며칠 남지 않았구려. 다가오는 새해는 더욱더 우리 가정에 주님의 축복이 있기를 기원합시다. 어떻게 생각하면 아무것도 한 것이 없이 나이만 한 살 더 먹는다고 생각하니 허전한 느낌이 든다오. 다가오는 새해는 더욱 노력하며 우리에게 맡겨진 일들을 더욱 충실히 하도록 합시다.

이 배는 싱가포르에 기름만 받으러 가기 때문에 당신에게 전화 한번 못 하겠구려. 어디든지 시간이 나는 곳이 있으면 전화 한번 하겠소. 여보, 사랑하는 두 딸, 주님 안에서 잘 교육하길 바라고 당신 또한 주 안에서 건강하길 빌겠소.

여보 보고 싶구려. 사랑하는 당신이기에 자나 깨나 보고픈 생각뿐이라오. 여보 사랑하오.

크리스마스를 맞아 더욱 주님의 은혜가 있길 바라며 당신의 지체가

아홉 번째 편지

할렐루야!

사랑하는 여보, 당신과 하나 된 것이 엊그제인데 이렇게 미치도록 보고 싶은 것은 당신이 나의 지체이기 때문이겠지요. 당신의 사랑의 흔적이 내 팔에 아직 남아 있으니까 만난 지가 엊그제라고 생각되지. 기분은 벌써 몇 개월 못 본 것처럼 그리워한다오.

여보 사랑하오. 짧은 시간이었지만 건강한 당신과 두 딸을 보니 얼마나 즐거웠는지 모른다오. 당신과 같이 살아온 지 10년이 되어가는데 이번에는 당신이 더욱 예쁘게 보이는 것도 당신이 나를 위해 얼마

나 신경을 쓰고 있는가 생각하니 당신의 사랑에 감사하게 생각된다오.

나의 사랑, 이제 언제 만나게 될지 모르지만, 더욱더 우리 사랑 주님 안에서 더욱 사랑하며 우리의 행복 지켜 갑시다. 이번에 만나게 해주심도 하나님 크신 은혜인데 우리 만남의 기쁨을 주님께 먼저 감사하며 영광 돌리지 못했구려.

여보 늦었지만, 주님께 감사 기도 더욱 많이 하도록 합시다. 여보 우리의 형편 아직 어렵더라도 후히 채워 주시는 주님께 맡기며 살아갑시다. 우리가 알지 못하는 사이에 주님께서는 언제나 준비해 주실 줄 믿는다오.

가만 생각해보니 형님이 집을 살 때 돈을 해주시겠다는 것도 하나님의 역사가 아니면 이루어질 수 있는 일이 아니겠소. 깨우치지 못할 때는 자기의 이기적인 생각이라 생각했지만 하나님 역사라고 생각하며 깨우칠 때 하나님의 크신 은혜가 얼마나 감사한지 모른다오.

이 배에 얼마나 있을지 모르지만, 하나님께서 허락하시는 동안 있다가 우리 만나 집을 사는 것에 대해 더욱 노력합시다.

내 인감도 내야하고 하니까 주님께서 당장 집을 마련하게 하시지는 않을 것으로 생각하지만 언제나 기도하며 우리의 설계를 주님께 맡깁시다.

사랑하는 여보, 이제 미국에 갔다가 어디에 갈지 모르지만, 또 주님께서 우리의 만남 허락하신다면 한국에 보내주겠지요. 그러나 우리의 욕심을 내어 간구하지 맙시다. 범사에 감사하며 하나님 영광을 위해서 기도하는 것이 우리의 보답이지 우리 욕심을 기도하는 일이 없도록 합시다. 언제나 우리의 사랑을 다 아시는 하나님 우리의 바람을 다 이루어 주시리라 믿는다오.

사랑하는 여보, 두 딸과 더불어 건강하길 바라겠소. 우리를 만나게 해주시고 우리 한 몸 되게 해주시며 우리 가정을 이루어 주신 주님께 찬양 영광 돌립시다.

우리의 희망은 천국이지만 이 세상에서도 차고 넘치도록 복 주시는 하나님께 무한 감사드린다오. 여보 세상 끝날까지 당신을 사랑한다오. 다음은 미국에서 당신과 마주하겠소.

당신의 한 몸이 일본에서 I LOVE YOU

열 번째 편지

손을 내밀면 잡힐 듯한 당신의 얼굴이 눈앞에 선히 떠오르는데 당신과 나의 거리는 너무 멀기만 하구려. 당신을 만나고 지금껏 살아오면서 많은 시간이 되지 않았지만 마주 보며 지낸 당신의 얼굴이 날이 갈수록 더욱 보고 싶고 당신 곁으로 가고 싶은 것은 당신이 나의 지체이기 때문인 것 같소.

사랑하는 여보, 지금 건강한 두 딸과 헤어진 지 한 달밖에 되지 않았는데 몇 개월 지난 느낌이 든다오. 또 주님께 만나게 해주시길 간구하려니 주님 위에 해드린 것 없어 주님께 송구스러워 기도가 나오지 않는다오.

미국에 입항한 지도 5일째 이곳저곳 옮기면서 작업에 바쁘다 보니 예배도 제대로 드리지 못하고 이럴 때 선원들은 더욱 신앙심이 깊어지는 것 같다오.

사랑하는 여보. 우리 사정 아시는 주님이 우리의 부족한 것 채워 주시리라 믿으며 우리 욕심내어 주님께 억지로 구하지 맙시다. 주님 기뻐하시는 일을 먼저하고 우리 원하는 것을 구하는 기도 생활하도록 노력합시다. 이것을 알면서도 제대로 되지 않는 것은 너무 연약한 신앙심 때문이겠지요. 어려운 상황에서도 무사한 작업이 이루어지는 것은 당신과 두 딸이 기도 때문이라고 생각한다오.

여보, 우리 만난 지 10년이 되어 가는데 아직 보금자리 하나 못 장만한 것을 생각하면 당신을 너무 고생시키는 것 같소. 내가 좀 더 노력하여 당신을 조금 편하게 하려고 하지만 제대로 되지 않는구려.

여보, 어렵더라도 좀 더 참고 견딥시다. 이번에 6개월 연장 신청해 놓았다오. 당신을 보고 싶은 생각을 하며 좀 망설이고 있었는데 당신과 두 딸을 위해 좀 더 있기로 했다오. 이것도 주님의 뜻이라고 생각한다오. 그리고 여보, 우리 언제 집을 갖게 될지 모르지만, 주님께서 어떠한 방법으로 주시건 마련되면 부모님들 데리고 오도록 합시다. 당

신에게 고생만 시키는데 이런 말밖에 할 수가 없어 몇 번을 망설이다
가 당신에게 이야기한다오

　이제 얼마나 사실지 모르는데 잠시나마 자식 도리 해보고 싶어 당신
에게 부탁한다오. 죽고 나서 좋은 데 가라고 제사 지내는 사람들의 허
울이 좋은 위선은 무슨 소용이 있겠소. 하나님 계명에도 효도하라는
계명을 첫째로 두고 있는데 이렇게 고생시키면서 방치해 두고 무슨 기
도 하느냐는 책망이 오는 것 같아 어떨 때는 기도도 제대로 되지 않는
다오.
　여보, 지금은 남의 집에 살고 있으니까 어렵더라도 내년쯤 무리를
해서라도 집을 마련하여 부모님을 데리고 있도록 우리 생각해 봅시다.
당신에게 고생만 시키는 부족한 남편이 이런 말 할 처지도 못 되지만
사랑하는 한 지체이기에 이런 부탁 한다오.
　여보, 어려운 문제 있으면 말하도록 하오. 모든 것은 하나님께 맡기
고 우리 최선을 다하도록 노력합시다. 이제 그곳에는 여름이겠구려.
무더운 날씨에 당신과 두 딸의 건강주의 바라며 즐거운 생활 되길 빌
겠소. 다음 시간이 나는 데로 당신과 마주하는 시간을 갖겠소
　주님의 축복이 있기를….

-당신의 Yong-

　추신) 끝없는 바다를 바라보며 맞닿은 것은 끝없는 하늘, 먼저 하나
님 크신 섭리와 오묘함을 느끼며 영광 돌리는 중에 잊을 수 없는 얼굴
아련히 수평선 위에 저 먼 하늘 위에 방긋이 떠 오른다. 나의 사랑 그

대, 보고 또 봐도 보고픈 얼굴이여.

왜 내 가슴 깊이 이렇게 새겨져 있을까? 이런 사랑을 주신 하나님께 감사하며 또 그려 본다.

이 생명 다하도록 나의 사랑 봉남 씨, 영원한 나의 사랑

열한 번째 편지

나의 사랑 봉남 씨, 여기 캐나다 밴쿠버에서 당신의 서신 받아보고 언제나 같이하는 당신의 사랑에 행복을 느끼며 우리의 사랑을 맺어주신 하나님께 감사 기도드린다오. 이렇게 지구의 반대쪽에 있으면서도 당신과 두 딸이 내 옆에 같이 있다고 생각할 때마다 언제나 즐거움을 느끼며 주님의 은혜가 함께 하시기에 육의 눈은 볼 수 없지만, 마음은 언제나 당신 옆에서 당신을 보고 있다오.

이 세상 근심 · 걱정 모두 주님께 맡기는 믿음의 생활이 얼마나 우리 가정의 행복을 가져오는지 주 앞에 가까이 닿아 갈수록 더욱 은혜를 느낀다오.

이 세상 부귀, 명예, 권력 이런 것들이 우리 가정을 즐겁게 해줄 수가 있을까 생각하면 부족한 중에서도 마음의 풍요로움을 주시고 당신의 아름다운 사랑과 두 딸을 축복해 주시는 하나님께 하루에 몇십 번이고 할렐루야가 계속된다오.

나의 사랑 봉남 씨, 주님께서 맺어주신 당신만을 사랑한다오. 얼마쯤이라고 무엇으로 표현할 수 있다면 내가 무슨 표현이라도 하겠는데 글로서나 무엇으로 표현 못 하는 것이 아쉽다오. 주님께서 우리 사이를 갈라놓기 전에는 죽음도 당신 사랑하는 마음 뺏지 못한다고 고백하고 싶소. 여보 입에서 입김이 끊어지는 그 날까지 당신만이 영원한 나의 사랑이라고 말하고 싶다오.

나의 사랑, 서로 떨어져 외로운 생활 하고 있지만, 우리 모든 일 주님께 맡기고 주님께서 우리 만남 이루어지도록 기도합시다.

여기에서 연락했지만 얼마나 더 승선하게 하실지는 주님 뜻에 맡기기로 했다오. 여보, 여기 생활 즐거운 가운데 나날이 지내고 있지만 이번에 오신 분들 주님의 형제들이 한 분도 없고 긴 정박기간 성도들이 신앙생활에 소홀히 하여 예배도 보지 못하고 있어 조금 실망을 준다오. 다음 선원 교체도 나하고 같이 승선한 사람들이 전부 교체가 되는데 여기 성도들이 전부 귀국하게 된다오. 새로 오는 사람 중에 성도님들이 있어야 하는데 약간 걱정이 되는구려. 주님께서 소망교회를 이끌어 주시길 기도한다오.

이번에 대만에서 방콕까지 스케줄이 나와 있다오. 도쿄가 될지 싱가포르가 될지 어디가 될지 모르겠는데 없는 것을 있게 해주시는 하나님께 맡기며 기도합시다. 이번에 필리핀에 가지만 산호가 있는 곳에 가지 않기 때문에 구하지 못한다오. 기회가 있을 때 구해가겠소. 자개

농 씻는 솥은 일본에 가면 살 수 있는데 이번에 요코하마에 가지만 일본에 가면 쇼핑할 시간이 없다오. 기회가 있으면 구해 보겠지만 힘들 것 같구려. 당신이 사준 약 아직 먹고 있지 않는다오. 미국 건너올 때 바빠서 못 먹고 있다오. 여기서 출항하면 먹을 예정이라오. 당신이 준 마늘과 고추장 아직 먹고 있는데 먹을 때마다 당신의 사랑을 먹는다고 생각하며 먹는다오. 당신은 나에게 이렇게 신경 써 잘해주고 있는데 한 몸이라 하면서 당신에게 해준 것 아무것도 없어 당신에게 미안한 마음뿐이라오.

사랑하는 여보 밤이 깊었구려. 지금 그곳에는 낮 4시쯤 되었겠구려. 두 딸과 무더운 날씨에 건강 주의하길 바라며 주님의 은혜가 언제나 함께하길 빌겠소.

당신만을 사랑하는 Yong 당신을 그리워하며….

여보 다음은 일본에서 당신과 마주하겠소.

"할렐루야! 사랑의 주님 우리 가정을 주님께서 세워주시고 주 안에 생활하게 해주심을 감사드립니다. 이 가정을 주님께서 만들어 주셨사오니 이 가정을 주님께서 주관하여 주옵시고 주님께서 이끌어 주옵소서. 주님께서 맺어주신 아내와 더불어 주님 부르실 때까지 이 가족을 주님께 맡깁니다. 어떠한 환난 역경이 올지라도 주님 영광 나타내는 가정이 되게 하여 주옵소서. 주님 말씀에 순종하는 가정이 되게 하여 주소서 예수님 이름 받으러 기도하옵니다."

열두 번째 편지

사랑하는 여보.

오늘은 설날이구려 두 딸과 섬에 갔는지 어제 보르네오섬 말레이시아 항에서 시간이 나서 당신에게 전화했지만, 집에 없더구려. 마치 수첩도 배에 두고 왔기에 아무 곳에도 전화할 수 없어서 그만두었다오.

지금 싱가포르에 가고 있다오. 인도네시아에서 적재 후 사우디아라비아로 가게 되어 있다오. 여보 당신의 건강과 두 딸은 어떠한지 궁금하구려. 그곳은 아직도 추울 텐데 감기 조심하길 바라오. 이곳 생활은 즐거우며 살아계신 하나님의 은혜를 체험하고 있다오.

이번에 작업 중 허리가 삐끗하더니 꼼짝할 수 없을 정도로 고통이 왔지만 가지고 있던 부황기와 쑥뜸을 하고 나니까 이틀 만에 활동할 수 있었다오. 지금도 약간 불편함이 있는데 매일 쑥뜸을 하니까 아주 좋아지고 있다오. 주님께서는 모든 것을 아시고 이렇게 도와주시며 기관장님은 일을 못 해도 좋으니 빨리 완쾌하라고 하면서 쉬게 해주는구려. 지금은 거의 다 낳았으니까 걱정하지 않아도 된다오.

모든 것이 두 딸과 당신의 기도 힘이라고 생각된다오. 두 딸 데리고 기도하는 것을 잊지 말고 매일 기도하면서 살아 역사하시는 하나님을 잊지 않도록 두 딸에게 잘 가르치도록 하오. 매일 성경을 읽는데 자식들에게 하나님의 사랑을 가르치지 않는 이스라엘 사람들이 악으로 멸

망 당하는 성경 말씀을 볼 때마다 하나님의 뜻을 자녀에게 가리키는 것이 얼마나 중요한지 생각한다오. 이곳 생활이 어려움도 많지만, 주님 말씀처럼 주야로 하나님 말씀을 묵상하고 주님의 법도를 지키면 주님께서 함께하시겠다는 말씀을 믿고 일을 하니 모든 어려운 문제들이 해결되는 것을 체험한다오.

사랑하는 여보.

우리 주님께서 맺어주신 것 주안에서 사랑하며 주님 주신 두 딸 주님 인도하여 주시길 언제나 기도로서 양육합시다. 우리 알고 있듯이 주님께서 우리 가정에 베푼 은혜 우리 어찌 헤아릴 수가 있겠소. 우리 이렇게 헤져 있지만 언제나 선한 길로 인도하시는 주님께 범사에 감사하는 믿음으로 살아갑시다.

이번에 중동에서 한국 가게 되어 있었는데 지금 또 바뀌었다오. 중동에서 화물을 적재하고 인도네시아로 와서 다음 한국에 가게 될지 어쩔지 모르겠구려. 그때 한국에 가게 된다면 5월~6월 되어야 할 것 같소. 주님 뜻에 맡기며 범사에 감사하는 생활 합시다. 지금 만기 교대자 들이 몇 명 되는데 아직 교대하지 않고 있다오. 언제 교대될지 모르지만, 교대자가 있으면 뜸쑥을 다섯 통 정도 사서 붙이도록 하오. 지금 한 통 있는 것 거의 다 써가고 있다오. 언제 교대자가 있을지 모르니까 이 편지 받는 즉시 회사에 준비해서 보내도록 하오.

이제 조금 있으면 첫째 소영이도 졸업하고 중학교에 들어가겠구려. 졸업할 때와 입학할 때 아빠 없어 서운해할지 모르겠구려. 당신이 내 몫까지 해서 애들에게 잘해주도록 부탁한다오.

아버지는 어떻게 지내고 있는지 이렇게 당신을 두고 나와서 당신에게 잘해주지도 못하면서 당신에게 잘해주지도 못하면서 당신에게 너무 짐을 지우는 것 같구려 미안하다오. 주님께서 우리에게 말씀하셨으니 주님께 순종하는 마음으로 맡겨진 일에 충실하길 부탁한다오. 당신을 생각하면 마음이 편해진다오.

여보 사랑하오.

건강을 생각해서 약도 좀 해 먹도록 하오. 두 딸과 건강해야 나 또한 건강할 수 있다오. 주안에 평화가 있기를 빌겠소. 또 시간이 나면 편지하겠소.

-당신의 Yong-

열세 번째 편지

사랑하는 여보.

오늘 주일에 세 명이 모여 주님께 예배드리며 주안에 교제를 나누었다오. 주님과 함께하는 생활이 얼마나 즐거운지 내가 당신을 만난 것도 이렇게 당신을 향하는 사랑도 주님께서 주신 것인 것을 생각하면 하나님께 모든 것 다 바쳐 감사해도 부족하겠지요.

사랑하는 당신의 사연들이 내 마음을 즐겁게 하며 나만을 사랑하는 당신이 있기에 언제나 힘이 솟는다오.

여보 사랑하오. 당신은 걱정 아닌 걱정 하고 있구려 당신과 내가 한 지체인데 당신 아닌 딴 여자에게 어떻게 몸을 줄 수 있겠소. 우리 주 안에 한 몸인 것을 잊지 맙시다. 많은 여자가 올라오고 선원들을 유혹 하지만, 나에게는 소중한 아내인 당신이 있기에 배에 오는 여자들이 마귀의 종이 된 것을 보면서 도리어 불쌍한 마음이 든다오. 예수님께 서 눈이 죄를 지으면 빼 버리라는 말씀처럼 자꾸 보고하면 마음이 동 해지는 것을 느낀다오. 그러나 먼저 그런 유혹에 넘어가지 않으려면 보지도 말고 가지도 않는 것이 상책인 것을 알고 있다오.

그래서 상륙도 안 하고 거기로도 가지 않으니까 다른 선원들에게 무 슨 낙으로 사느냐고 많은 놀림을 당하지만 내가 보기엔 그 사람들이 도리어 불쌍한 존재들이라고 느껴지는 것은 우리는 주님의 백성인 것 을 확신하고 있기 때문이라오.

사랑하는 두 딸, 주안에서 잘 기르는 당신을 생각할 때마다 주님께 서 내게 주신 당신이 너무 자랑스럽다오. 당신이 아플 때 옆에서 돌봐 주지 못하고 미안하다오. 편지도 자주 보내고 싶지만, 이 배가 부두에 접만 할 때가 거의 없고 육지와 멀리 떨어진 구석에서 적재하기 때문 에 상륙이 어렵다오. 혹시 상륙할 시기가 있지만 외출하여 하룻밤 자고 들어와야 하니까 음란의 도시에 시험에 빠지지 않기 위해서 아예 상륙하지 않고 있으니까 편지를 써 놓고도 한 달씩 서랍에 보관하고 있을 때가 많다오. 인도네시아에 오면 거의 상륙하지 않으니 선원들이 무슨 재미로 사느냐고 이상해하기도 하지만 저들도 주님의 참사랑을 안다면 저런 질문이 없을 것인데 생각에 지금 마지막 시기에 주님 날이 곧 임할 것을 생각하면 불쌍하기만 하다오.

사랑하는 여보. 당신이 그립구려. 이제 3개월 정도 남았다고 생각하니 잠시라고 기분이 들지만 만날 때까지 우리 맡은 일에 충실하며 주님의 말씀을 지키며 기도합시다. 즐거운 성탄절이 되길 빈다오. 주님의 평화가 함께하길 빌면서

-상용-

열네 번째 편지

사랑하는 여보.
성탄절도 이제 3일밖에 남지 않았구려. 지금쯤 그곳에는 캐럴이 울려 퍼지며 교회에서는 여러 가지 행사로 바쁘겠구려. 유리가 산타클로스 선물 기다린다고 준비하고 있는지…. 지난 크리스마스 때 두 딸에게 선물하지 못한 것이 마음에 걸리는구려.

당신의 건강은 어떠한지 약을 지어 먹는다니까 안심은 하지만 당신의 약한 몸이 언제나 염려된다오. 우리는 크리스마스 지나고 28일쯤 두바이에 입항한다오. 이슬람교 국가이기 때문에 기다려지는 것도 없고 미국에 지금쯤 입항했다면 즐거운 시간들이 기다리고 있을 텐데도 이쪽은 삭막하기만 하다오. 그러나 사랑하는 당신이 나의 몫까지 기쁨의 성탄절을 맞을 생각에 괜히 나도 즐거워진다오.

이곳에서는 3기사와 둘이서 예배를 보다가 이젠 기관장님도 참석하여 3명이 함께 기도한다오. 아직도 많은 사람이 주를 멀리하고 있는 것을 보면 여기 올 때 주님 일을 하려고 했지만, 나의 능력 부족으로 제대로 전도하지 못하고 있구려.

이 해도 며칠밖에 남지 않았는데 올 한해도 내가 무엇을 했는지 주님 앞에 송구스러울 뿐이라오. 당신과 두 딸에게도 남편과 아빠의 의무를 다하지 못한 것 같고 이렇게 바다에서 편지로만 안부를 묻는구려 당신에게 자주 편지할 수가 없어 한동안 편지 못 하겠구려. 우리 만나 못다 한 이야기를 하고 기다림 속에 아름다운 이야기들을 준비합시다.

우리의 결혼기념일도 며칠 남지 않았구려. 당신과 함께하며 즐거운 시간을 보내야 할 날을 이렇게 떨어져 있어 어쩔 수 없이 지나가는 것이 아쉽기만 하다오. 우리의 결혼기념일, 당신 생일, 두 딸 생일, 모두가 소중한 날들이지만 우리 비록 외로운 생활 할지라도 주님께서 우리의 사랑을 지켜주시면 평화를 주시는 것을 볼 때 기쁨과 감사만 생긴다오.

사랑하는 여보. 주님께서 우리의 만남 이루어 주실 때 우리 사랑 확인하며 즐거운 시간 같도록 기도하며 기다립시다. 여보 사랑하오.

두 딸과 건강 주의하며 주안에서 평안하길 빌겠소.

-92. 12. 29 당신의 Yong-

열다섯 번째 편지

사랑하는 여보.

하루하루 지나는 나날들이 너무 빠른 것 같구려.

이 나이 먹을 때까지 무엇하다 제대로 해 놓은 것 없이 세월이 흘러간 것이 아쉽기만 한데 지금은 당신을 하루빨리 만날 수 있도록 빨리 세월이 지났으면 하는 생각이 드는 것은 당신이 나의 사랑이기 때문인 것 같소.

오늘 호주 출항을 한다오. 이제 파키스탄까지 긴 항해가 시작된다오. 어젯밤 꿈에는 마산에 우리 배가 들어가는 꿈을 꾸었는데 현실은 당신이 있는 곳과 더 먼 곳으로 가게 되는 것이 원망스럽기만 하다오. 카라치 입항하면 10개월이 넘게 되므로 연가 신청을 낸다오. 1기사는 연장할 예정인 것 같은데 우리의 원하는 것은 주님께 맡기며 하나님 영광되는 일이 아니라면 우리는 생각하지 맙시다.

여보 며칠 있으면 당신 생일이겠구려. 당신을 사랑한다고 하면서도
아직 생일선물 제대로 해준 것이 없어 미안하구려. 좀 더 당신을 사랑
하고 잘해주고 싶은 생각은 간절하지만 이렇게 멀리만 있으니 어떻게
해야 좋을지 모르겠다오.
여보, 이 세상 누구보다도 당신을 사랑하는 마음은 변함없다오.

그곳에는 장마가 계속되는 것 같구려. 집중 호우도 많은 사람이 죽
었다는 소식에 부모님이 계신 섬에 집 언덕이 괜찮은지 걱정이라오.
작년 종덕 씨와 대강 치워놓고 왔지만 많은 비에는 감당하지 못할 것
인데 걱정이 되는구려. 여보 두 딸과 건강은 어떠한지 장마철이면 모
든 질병이 많이 걸릴 염려가 있으므로 건강에 주의하길 바라오.
여기에서는 파도가 높아 좀 힘들었지만, 이제부터는 잔잔한 날씨가
이어지므로 별로 힘든 것이 없다오.
사랑하는 여보, 우리 만날 때까지 기도로 우리 사랑 지켜 갑시다.
사랑하오.

-당신의 남편 Yong-

열여섯 번째 편지

은혜로운 하루 중에 당신과 마주한다오. 떠나온 지 10개월 겨울 날씨에 파도가 거세지만 언제나 함께하시는 주님의 인도로 무사한 항해가 계속된다오.

여보, 보고 싶다오. 일본에서 당신 편지 받고 마냥 즐거운 기분이 당신과 만나는 기분이라오 항해하면서 보고 또 보고 살아서 역사하시는 하나님이 우리 가정에 늘 함께하는 것을 느낀다오.

두 딸이 건강하다니 하나님께 감사한다오. 부족한 종을 이곳에 승선시켜 주시고 여기에서 선박 교회를 세우게 하심은 주님의 크신 은혜라오. 또한 당신의 기도가 있기에 처음에는 2명으로 시작해서 지금은 3명이 주님을 영접하고 5명이 예배를 본다오. 어떻게 예배를 인도할까 걱정이 되지만 찬송과 성경 공부로 시간을 갖게 되니 모두 다 좋은 체험을 느끼며 은혜로운 시간을 갖게 되었다오.

아직도 많은 사람이 주님을 거부하지만, 열심히 기도할 때 주님께서 이끌어 주실 줄 믿는다오. 그곳에는 지금쯤 쌀쌀한 날씨가 이어지겠구려. 건강 주의하길 바라오.

사랑하는 여보. 선원들을 위해서 기도 많이 하길 바라며 선교회 토요일 집회 가능하면 참석하길 바라오. 유리가 똑똑한 것이 대견스럽다오. 해양대학교 글쓰기 대회 결과가 어떻게 되었는지도 궁금하다오. 욕심이라면 당신 글이 노동조합지에 올랐으면 하는 생각인데 실리지 않아도 나를 위해 글을 작성했다는 것이 즐겁다오. 이 배가 언제 한국에 갈 것이라는 희망을 모두가 가지고 있는데 주님이 보내주시면 우리의 만남도 이루어질 수도 있다고 생각하니 더욱 당신이 보고 싶소.

여보, 좀 더 나은 미래를 바라보고 저축을 들고 있다니 당신이 생활하기에 힘들겠구려. 조금이라도 애쓰는 당신을 볼 때마다 고생을 내가 너무 시키는 것 같아 미안하다오.

지난달 가불을 100달러 했는데 마음에 걸린다오. 여보 이제는 가불하지 않을 것이니 염려 마오. 여기에 매달 50달러씩 나오니까 용돈은 충분하다오. 이 배는 너무 시간이 없어 상륙할 기회도 없으니까 돈 쓸 곳이 없다오. 여기에 얼마나 승선하게 할지 주님이 아시지만, 주께서 2년을 허락하신다면 우리의 생활이 조금 나아지겠으니 여보, 어렵더라도 참고 이겨나갑시다.

앞으로 일주일 더 항해가 남았다오. 이 편지 미국에 가서 당신에게 보내게 되겠구려. 이번에 백문도 장로님 댁에서 부식을 싣게 되었는데 같이 예배 볼 수 있으면 하는 바람이다오.

사랑하는 여보, 두 딸과 더불어 건강하길 바라겠소. 언제나 주님의 은혜가 함께하길 빈다오. 순종하여 주님 부르는 날까지 사랑으로 신앙 지켜 갑시다. 어려운 일을 당할 때 주님의 모습을 보면 위로를 느끼고 힘을 얻는다오. 당신의 기도가 있기에 여기 일도 무사히 되는 것 같소. 사랑하는 여보, 우리 만날 때까지 주님의 은혜가 있길 빌겠소

-당신의 지체가-

열일곱 번째 편지

할렐루야!

주님의 은혜로 지루했던 항해도 무사히 마치고 내일이면 일본에 입항하는구려. 사랑하는 여보, 당신과 헤어진 지 겨우 한 달 또 보고 싶은 것은 당신이 나에게 소중한 지체이기 때문인 것 같소. 방콕에 입항하여 어려움이 많았지만, 주님의 사랑과 당신의 사랑이 있었기에 모든 것을 이겨낼 수 있었소. 이번에도 일본에서 방콕에 간다고 되어 있지만, 주께서 항상 지키신다는 믿음으로 어려운 일들을 이겨내리라 그것을 확신한다오.

벌써 3월, 이제 날씨가 매우 따뜻해졌구려. 그곳에는 몹시 추웠을 것인데 당신의 건강 두 딸의 건강 어떤지 비록 떨어져 있어 모르지만, 주님께서 우리 가정을 지켜주신다는 것을 믿기에 편안한 마음으로 일에 열중한다오. 여보 방콕에서 당신에게 편지 한 장 못했구려. 진급이 되고 보니 너무나 많은 일이 기다리고 있었소. 이번 한 달은 너무나

바빴구려. 언제나 당신을 잠시라도 잊은 적 없지만, 당신과 이렇게 마주하는 사간이 쉽지는 않구려 미안하오. 사랑하오.

지난번 인천에서 짧은 시간이었지만 당신과 같이 있었던 시간이 아직 생생하게 머리에 떠오른다오. 이번에도 한국에 간다고 했는데 스케줄이 바뀌었구려. 주님께서 허락하신다면 우리의 만남 또 이루어 주시리라 믿고 우리 더욱 열심히 기도하는 생활합시다.

그리고 이번 설날에 기관장님 집을 비롯하여 다 찾아서 인사드렸는지 모르겠소. 지난번 인사하고 기관장님에게는 인사를 하지 않았더구려. 돌이켜 생각하면 인사 한마디하고 안 하고는 아무것도 아닌 것 같지만 진급은 기관장님이 시켜놓고 인사는 선장님이 받으니 어찌 옆에 있던 기관장님 마음이 좋았겠소. 나에게는 이야기하지 않았지만, 조기장에게 이야기하더라는 구려.
나도 우연히 들었는데 당신이 큰 실수를 했다오. 차라리 아무에게도 인사하지 않았더라면 하는 생각이 들고 당신 옆에 기관장님이 있었는데 양쪽 다 하지 않았는지 이해가 가지 않는구려.
다음에 혹시 기회가 있으면 기관장님 집에 한 번 더 인사하도록 하오. 기관장님 사모님은 마음이 넓은 분이라 모든 것을 이해하시지만 그럴수록 우리가 더욱 주의를 해야 하지 않겠소. 내가 이런 말 하지 않아도 당신이 잘 알아서 처리하지, 싶소.

다대포 큰형님 아들 정현이는 오른쪽 눈이 어떤지 궁금하구려. 빨리 완치돼야 할 텐데 당신이 고생되겠지만 힘 닿는 데까지, 도와주고 기도 열심히 하기 바라오.

우리의 기도 제목을 들어주신 주님께 모든 범사에 감사하며 두 딸 잘 돌보도록 하오. 이렇게 떨어져 있으니 집에 일어나는 모든 일을 당신 혼자서 처리하려니까 힘들지 싶소. 부부는 일심동체라고 하면서 가정에 일어나는 일들을 당신 혼자에게 짐 지우는 선원이라는 직업 때문에 당신에게 미안하구려.

사랑하는 여보, 지금 우리 어려워도 참고 견디면 더 나은 때가 오지 않겠소. 여기에서 앞으로 얼마나 더 있게 될지 모르지만, 주님께서 허락하신다면 일 년 더 있을 것이 우리의 바람이었잖소. 남은 기간 아직 많이 남았지만, 우리 믿음의 생활, 기도로 생활하면 또 우리 만날 기회 있지 않겠소.

사랑하는 여보, 우리 또 만날 날을 기다리며 기도합시다. 주님의 은혜가 사랑하는 당신, 두 딸에게 함께 있길 빌겠소. 주님의 은혜 속에 건강하길 바라오.

－당신의 지체가－

열여덟 번째 편지

여보 벌써 4월이구려.

그곳은 이제 따뜻한 봄이겠구려. 사랑하는 여보, 두 딸과 더불어 건강하게 잘 있는지 주님께서 늘 지켜주시리라는 것을 믿고 있기에 멀리 떨어져 있지만, 안심할 수 있는 있다오. 여기 방콕에 입항하였소. 너무나 더운 곳이기에 사계절의 흐름을 알 수 없구려. 여기 오니까 또 여자들이 무수히 올라오는구려. 조금 전에 모든 유혹에 이기게 해달라고 하나님께 기도했다오. 오직 하나님께서 맺어주신 당신만으로 만족하게 해달라고….

오는 4월 2일, 당신이 준 교회 달력을 보고 이번 주가 고난 주일이라고 생각하며 어제부터 금식에 들어갔다오. 매일 점심 한 끼를 금식하고 금요일은 하루 금식할 예정이라오. 항해 중에 고난 주일을 맞았으면 하고 바랐는데 공교롭게 입항하여 맞게 되었구려. 더욱이 일주일간 여기 있을 예정이라 더욱 힘들겠다고 생각되는구려. 그렇지만 날위해 십자가에서 피를 흘리고 돌아가신 주님의 은혜에 보답하고자 참아 보려고 한다오. 우리에게 은혜 주신 그것만큼 어려운 시험이 오리라는 것을 항시 준비하고 있지만, 특히 이런 곳에서 고난 주일을 맞이하게 되는 더욱 마음이 떨린다오.

사랑하는 여보, 당신도 이 부족한 남편을 위해서 기도할 것이고 모든 것 주님께 맡기며 기도하는 생활 하겠소. 소영이는 이제 유치원에 다니고 있겠구려. 아직 한국에 간다는 계획이 없기에 더욱 두 딸이 보고 싶구려. 유리도 많이 똑똑해졌을 것인데 여보, 우리 서로 만날 수 있도록 기도합시다.

며칠 전 1년 연장 신청을 냈는데 앞으로 1년 동안 있는다고는 자신을 못 하겠구려. 매일 기도할 때마다 우리들의 원하는 바를 들어주시기를 기도하지만, 이 배가 좀 낡은 편이라 별로 마음이 내키지 않는구려. 앞으로 6개월 더 있다가 괜찮으면 1년을 채울 예정이오.

여보, 우리가 만나 사랑하며 지내 온 것이 얼마나 되오. 소영이가 벌써 7살, 7년 동안 있으면서 우리가 같이 있는 기간 육지에 있는 사람의 1/3도 되지 않는다는 것을 생각할 때 당신에게 미안한 마음 금할 길 없다오. 이 배에서 마치고 나서 배를 타지 않는다면 3년도 더 있겠지만 당신 말처럼 50살까지 배를 타려면 우리는 만남과 헤어짐 수없이 반복할 것이고 그렇게 되면 우리 둘의 시간 과연 얼마나 될까 하는 생각이 들 때면 뭔가 모르게 허전한 느낌이 든다오.

사랑하는 여보, 우리의 만남도 주님의 뜻이라면 나에게 이런 직업 주신 것도 주님일 것이고 모든 은혜 풍족하게 주시는 주님께 감사하면 외롭고 쓸쓸해도 우리의 사랑 지켜나가며 우리의 앞날을 모두 주님께 맡기고 주님께서 항시 풍족하게 차고 넘치게 주시리라 믿으며 우리 가족 모두 주님의 일군 되도록 노력합시다.

여보, 여기에서 일체 가불하지 않겠소. 무슨 급하게 쓸 데가 있으면 몰라도 그렇지 않으면 가불하지 않겠소.

사람이 욕심이 생기면 죄를 낳는다고 성경에 기록되어 있고 또 사망에 이른다고까지 되어 있는 것을 돌이켜 볼 때 무슨 주님께서 허락하신 재물에 감사하면 쓸데없는 욕심 내지 않기로 했소. 주님 앞에 설 때 이 세상 것이 다 헛되다는 것을 새삼 느끼는구려. 주님께서 지금 우리 생활에 충분하도록 주시고 우리 두 딸 건강 지켜주시며 사랑하는 당신과 깊은 사랑 주시는데 무엇이 더 바랄 것이 있겠소. 더욱 기도 열심히 하고 우리 맡은 일 충실히 하면 더욱 복 주시며 우리 사랑 더욱 굳게 해주시리라는 것을 확신한다오.

당신을 만난 지 벌써 7년 그동안 어려운 일 많았지만, 당신과 나의 사랑, 그리고 하나님의 은혜로 지금껏 왔으니 우리 가정 더욱 사랑으로 굳게 다져 주 앞에 기도합시다.

사랑하는 여보, 당신의 사랑 정말 고맙소. 정말 사랑하오.

3월 월급 때 1만 원 떨어져 나갈 것이요. 이 배 선원의 부친이 별세했다는구려. 그래서 선장님을 위시하여 다 조금씩 부조를 했는데 나도 1만 원을 했소. 이런 일을 당하니까 남의 일 같지 않고 섬에 계시는 부모님들 벌써 80세를 눈앞에 두고 있는데 이 불효자식 해드린 것 없어 항시 죄책감에 빠진다오.

이번 상을 당한 선원 처가 이번에 아기를 낳았는데 난산이라 제왕절개 수술을 했다는구려. 부친은 돌아가셨지만 아이는 낳아 좋으나 수술을 해서 낳아 돈도 많이 들고 시아버지 장례식에도 못 갔다는 것 같구려. 이런 이야기를 들으면 당신도 소영이, 유리 나으면서 얼마나 고생했는지 첫째 소영이 낳을 때는 있었지만 유리 낳을 때는 나도 없었는데 당신이 무척 고생했다는 이야기를 들었을 때 내가 당신에게 좀 더 따뜻하게 못 해준 것이 마음에 걸렸다오.

여보 앞으로는 더욱 노력하며 당신이 조금이라도 편한 생활 하도록 노력하겠소. 사랑하오

내일이면 요코하마로 출항하겠구려. 주님의 은혜가 당신과 두 딸에게 있기를 빌겠소. 사랑하는 여보, 다음 만날 날을 위해 기도하면 더욱 사랑합시다.

−당신의 지체가−

열아홉 번째 편지

기나긴 항해이지만 주님께서 함께하시므로 무사한 항해를 하는 도중 당신이 그리워 펜을 든다오. 여보 당신은 지금 무엇을 하고 있소? 언제나 보고픈 당신이기에 사랑한다고 끝없이 말해도 부족한 표현일지 모르겠소.

두 딸은 건강하게 잘 있으리라 생각한다오. 긴 항로이기 때문에 당신에게 편지할 수도 없고 당신의 서신을 받아 볼 수 없어 답답한 느낌이 들지만 언제나 주님 안에 범사에 감사할 때 위로받는다오.

그곳 실정이 어떤지 궁금하며 한국에 달러 환율이 자꾸 떨어져서 큰일이구려. 결과적으로 우리의 수입이 줄어든다고 생각하니 당신의 생활이 더욱 힘들 것 같아 걱정이라오.

사랑하는 여보, 어렵고 힘들어도 참고 이겨나가자는 말밖에 할 수 없는 것이 못내 당신에게 미안한 마음 금할 길 없다오. 이제 그곳도 따뜻해지겠구려. 지금쯤 봄나들이 한창 다닐 것인데 그 흔한 나들이 한 번을 하지 못했구려. 여보, 다음 귀국하면 오붓한 시간을 당신과 함께 할 수 있도록 우리 시간을 마련해 봅시다.

앞으로 일주일 후에 싱가포르에 입항한다오. 아직도 한국에 보내주지 않으신 주님의 뜻이 어디 계신지 우린 모르지만 모든 것 주님 뜻에 맡기며 기도합시다.

이곳 배 안에 세워진 소망교회는 새로 일기사님이 주님을 영접하고 믿기 시작했으며 이등 항해사도 관심을 두고 있다오. 주 성령께서 기관부에 김종덕 씨를 통하여 전도하게 하심으로 이곳에 주의 성령이 함께하시는 것을 체험할 수 있는 있다오. 주님을 영접한 지 몇 개월 되지 않은 사람이 이렇게 전도하게 하시는 것을 볼 때 늦게 된 자가 먼저 하늘나라 가게 되며 먼저 된 자가 늦게 간다는 성경 말씀이 생각난다오. 아직 부족한 나를 주님께서 이 소망교회를 이끌어 나가게 해주시는 것을 볼 때 주님의 역사 놀랍기만 하다오. 당신의 기도가 언제나 함께하기 때문이며 선교회의 중보기도가 우리 선원들에게 구원을 이루는 큰 역사를 한다는 것을 느낄 수 있다오. 여보, 우리 만나면 더욱 싶은 신앙으로 무장되어 믿음의 반석 위에 굳게 다져진 믿음을 보일 수 있도록 노력합시다.

여기 120달러를 동봉한다오. 갈릴리에 등록된 선교센터 건립 헌금한 분들과 작정한 분들을 볼 때 나도 동참해야 하겠다고 생각하고 적은 금액이지만 십만 원 작정하고 이렇게 당신에게 보낸다오. 이것을 한화로 바꾸어 모자라면 당신이 조금 보태어 십만 원을 채워 센터건립 헌금 내도록 하오. 올해 12월 안에 내게끔 생각했는데 계속 환율이 떨어지니 빨리 내야겠다고 생각되어 이렇게 보낸다오. 적은 금액이지만 나에게는 좀 큰 것이었소. 하나님께서는 없는 것을 있게 하시는 분이라는 것을 믿기에 어려운 형편이지만 드린다오.
많은 사람이 참여하는데 내가 어찌 빠질 수 있겠소. 다음 서신 때 환율이 어떻게 되는지 알려 주도록 하오.

사랑하는 여보, 어려울수록 참고 이겨나갑시다. 우리의 사랑을 아시는 주님께 간구하며 없는 것을 있게 해주시는 하나님께 모든 것을 맡깁시다.
환절기 두 딸의 건강에 유의 바라며 당신 건강 주의하길 바라오. 주

님께서 우리의 간구를 들어 주실 줄 믿으며 우리 만날 수 있도록 기도
합시다.

사랑하는 여보, 보고 싶다오. 주님의 은혜가 있길 빌면서 이만 줄인
다오. 가슴 깊이 자리 잡은 당신의 얼굴을 그리며….

–당신의 지체가–

스무 번째 편지

할렐루야!

말레이시아에 갔다가 싱가포르를 가면서 당신과 마주한다오.

언제나 보고픈 당신이기에 이렇게 거리는 멀지만 내 마음 한 곳에
당신이 자리 잡고 있으니 언제나 같이 있는 기분이라오. 당신과 같이
한 시간도 얼마 되지 않은데 봉남이라는 지체는 나의 일상생활에 큰
비중을 차지하는 것 같구려.

이번에도 인도네시아를 거쳐 오면서 마음이 산란할 정도로 흔들렸
지만, 주님의 보호하심과 당신의 사랑으로 모든 것을 이겼다오. 좁은
공간에서 다람쥐 쳇바퀴 도는 생활을 하다가 항구에 입항하면 모든 것
이 새롭게 보이고 호기심과 유혹에 약한 것은 인간의 본능인지 너무나
많은 사람이 절제하지 못하는 것을 보면 주님을 믿는 신앙이 얼마나
소중한지 감사드린다오.

그런데 이번에 우리 배가 큰일을 당해서 선장님뿐만 아니라 모두 걱정을 하고 있다오. 갑판부 문제라서 기관부하고는 별 관계가 없지만 일본 선주가 볼 때는 한국 선원 전체를 보기 때문에 기관실까지 영향이 미칠지 모르겠구려. 정작 사고 낸 사람은 자기도 모르는 사실이라고 발뺌을 하고 있으니 선장님이 더욱 곤란한 것 같구려.

그러나 믿는다오. 주님을 믿는 종들을 결코 주님께서 버리지 않으시리라는 것을 나도 매일 일상생활에서 시험을 받을 일이 많지만, 주님께서 우리를 위하여 십자가에서 피 흘려 주신 것을 생각하며 수치를 당할지라도 교만에 빠지지 않도록 노력한다오.

사랑하는 여보, 우리도 지난날을 생각하면 주님 앞에 얼마나 많은 죄를 지었는지 주님 것을 도둑질하고 교회만 왔다 갔다 긴 실업 기간에도 얼마나 많은 어려움을 당했는지 그래도 우리를 사랑하사 일하게 지켜주시고 우리 궁핍함을 채워 주시며 우리 가족 건강을 허락하여 주셨구려. 차츰 주님의 세계를 들어갈수록 우리가 얼마나 죄를 많이 지었는지….

구약성서에 욥을 보면 인간으로서 절망의 상태에 이르러 제발 빨리 죽기를 원하기까지 하면서 결코 하나님을 원망하지 않고 원망한다는 것이 어머니 모태를 원망한 것뿐이었구려. 욥의 믿음을 보신 하나님께서 크신 축복을 욥에게 주사 알거지보다 못한 신세였지만 전보다 몇십배 더 차고 넘치도록 복을 주신 것을 볼 때 우리의 나약함과 믿음 적은 것을 다시 깨닫게 하신다오.

사랑하는 여보, 지금 아직 우리 형편이 넉넉하지 못하지만 3년 전에 비하면 많이 나아진 것을 알 수 있듯이 주님 뜻대로 살려고 노력한다면 틀림없이 차고 넘치도록 부어 주시리라 믿는다오.

또한 주님 안에서만 우리의 사랑이 더욱 뜨거워지며 변함이 없을 줄을 확신한다오. 여기 있는 많은 사람이 창녀와 몸을 섞고 있지만, 나에게는 주님께서 맺어주신 봉남 씨 당신이 있기에 모든 것을 극복할 수 있는 있다오. 여보 사랑하오.

여보 내년이면 첫째 소영이가 학교에 입학을 하겠구려. 벌써 학부모가 된다는 기분이 드니까 우리가 만난 지 얼마 되지 않은 것 같은데 이렇게 세월이 흘렀나 생각하니 세월이 빠른 것 같구려.

이 세상 많은 사람이 지체를 이루고 살고 있지만 얼마나 많이 헤어지고 사랑이 식은 가운데 생활하는 사람이 많은지 이런 것을 생각할 때 우리를 맺어주시고 서로 사랑하게 해주신 주님께 찬양 영광 돌립시다.

여보, 내일 싱가포르에 입항하여 아마 일본으로 갈 예정이오.

다음 일본에서 당신과 마주하겠소. 두 딸과 더불어 건강하길 빌겠소. 주님의 은혜 속에 축복받길 기도하며

－당신의 지체가－

스물한 번째 편지

사랑하는 여보.

긴 항해 후에 오늘 일본에 도착하여 당신의 편지를 받게 되었다오. 부족하고 연약한 우리 가족을 사랑하사 주님의 크신 은혜가 함께 한다는 것을 볼 때 주님께 감사드린다오. 이제 추위가 이어질 것인데 당신의 건강과 두 딸의 건강을 주님께 맡기며 생활하니 마음이 편해진다오.

사랑하는 여보, 지난 11월 29일 마침 시간이 조금 나서 당신의 음성이 그리고 캐나다에서 전화했더니 집에 없기에 가만히 생각해보니 한국에서는 일요일 30일이 되는 날이구려. 캐나다에서 저녁 7시~10시까지 당신은 교회에 나가 있는 시간이라 몇 번 전화했지만 되지 않아 처음에는 약간 걱정했지만, 주일을 지키는 당신과 정현이 형수님을 볼 때 하나님께 전화 통화하지 못한 것을 감사드렸다오.

서로가 음성을 듣는 것보다 기도하는 시간이 우리가 만나는 시간이라는 생각이 들 때마다 당신과 육뿐만 아니라 영혼으로도 하나가 된다는 것을 느낀다오.

사랑하는 여보, 비록 떨어져 있고 어려운 생활을 할지라도 당신과 언제나 하나가 된다고 생각할 때마다 주님께 감사하며 용기를 얻는다오. 지금 달러 환율이 내리고 방세도 올라 당신이 어려운 생활을 하고 있구려. 조금 더 고생하여 조그마한 집이나 아파트를 마련해야 조금 나아질 것 같구려.

그러나 너무 욕심내지 맙시다. 언제나 채워 주시는 하나님께 모든 것을 맡길 때 주님께서 필요한 것을 주실 줄 믿는다오. 캐나다에서 주님의 부르심을 받고 선원들의 전도를 목적으로 목사가 되신 박 목사님께서 일본 시오카제에 오셔서 우리 선원들의 예배를 인도해 주셨는데 얼마나 은혜로운 시간을 가졌는지 모른다오.

더욱이 같이 일하시는 장로님과 아드님 내외분, 따님 내외분이 함께 와서 여섯 분이 본선에서 예배했는데 아들과 사위가 다 집사 직분을 갖고 있었고 본선 교회명을 소망교회라고 내가 지었는데 하나님께서 소망교회를 세워주심을 감사 기도할 때 주님의 크신 은혜를 받았다오.

비록 외로운 생활과 불규칙적인 생활에서 주님의 목자들 말씀을 들을 기회가 없지만, 하나님께서 다 아시고 곳곳에 주님의 일꾼을 선원들을 위하여 일하게 하시는 하나님의 섭리가 놀랍기만 하다오.

여보, 신앙생활 어려운 점이 많지만, 주님의 길을 따르려고 노력한다오. 아직도 부족하지만, 이곳 소망교회가 서게 된 것도 선교회의 중보기도와 사랑하는 당신의 중보기도의 힘이라고 생각한다오.

지금 8명이 모여 예배보고 있는데 아직 초신자들이기 때문에 제대로 참석하려는 의욕이 별로 없는 것도 문제인데 믿음이 좀 강한 성도까지 날짜를 잊어버리고 참석하지 않으니 좀 애를 먹는다오. 더욱 많이 기도해야 할 것 같고 국장 부인은 지금 동대신동 삼익아파트 주위에 살고 있는 것 같은데 아마 서부교회에서 전도사님들이 자주 찾아오는 것 같소. 다시 알아보고 아직 서부교회 나가지 않으면 주소를 알려줄 테니 당신이 우리 교회로 인도해 보도록 하오.

여보, 보고 싶구려. 언제 한번 한국에 보내주시기를 주님께 바라고 있지만, 아직 갈 예정이 없구려 이번에 싱가포르에서 일이 끝나면 미국으로 갈지 유럽 쪽으로 갈지 모르지만, 우리의 만남이 아쉽기만 하다오. 날이 갈수록 당신이 그리워지는 것은 당신은 나의 지체이기 때문이라 생각된다오. 사랑하는 여보, 우리 만날 날을 위해 기도합시다.

이제 이 해도 다 가고 새해가 다가오는구려. 이제 5일만 있으면 성탄이구려. 성탄 때에는 대만을 항해하고 있겠구려. 즐거운 성탄이 되길 바라며 카드는 보내지 않겠소. 상륙하여 카드 살 시간이 없다오. 여보 지금은 어려운 생활이지만 주님의 은혜에 감사하며 승리하는 생활 하도록 노력합시다.

여보 사랑하오. 저녁 아침 기도할 때 꼭 아버지를 참석시켜 주님을 영접하도록 하오. 이제 얼마 남지 않은 세상살이 아직도 무엇이 미련이 남아서 주님을 영접하지 않는지 답답하고 주님의 날을 생각할 때마다 부모님 일이 걱정이라오. 이 세상에서 무엇이 제일 부모님께 효도하는 것이라고 묻는다면 주님을 영접하여 구원을 받게 하는 것이 효도라고 답하고 싶소.

여보, 두 딸과 건강하길 바라며 하루빨리 만날 수 있도록 기도합시다.
주님의 축복이 우리 가정과 주님을 영접하는 가정들 위해 있길 빌면서
-일본에서 당신의 지체가-

스물두 번째 편지

여보, 크리스마스 내일로 눈앞에 닫아왔구려.

지금 교회에서는 한창 즐거운 성탄 준비하며 바쁠 텐데 이곳은 작업에 한창 바쁜 것은 세상 생활에 사람들이 너무 얽매이기 때문인 것 같소. 시간이 있으면 카드라도 당신과 두 딸에게 보내고 싶지만, 너무 바빠 시간이 없구려.

여기 일본에 오니까 겨울 같은 기분이 들지 않게 그다지 추운지 모르겠구려. 이렇게 포근한 날씨면 당신을 포근하게 안고 싶은 것은 당신을 사랑하기 때문이겠지요.

사랑하는 여보, 이렇게 가까운 일본에 있으면서 당신을 못 본다고 생각하니 더욱 아쉽다오. 언제 한국에 한 번 가게 될지 막연하면서도 기대를 걸어보는 것으로 위안을 찾는다오.

여보, 우리 결혼한 지 벌써 9년이 되는데 날이 갈수록 당신이 더욱 사랑스러운 것은 주님의 사랑이 함께 하기 때문이겠지 싶소. 우리 외

롭고 그리운 생활 속에 살지만 주님 안에 하나라는 것을 늘 생각하면서 기도합시다. 주님은 우리의 사랑을 언제나 지켜주시리라 믿기에 주님을 향하는 마음이 더욱 솟아난다오.

주님께서 허락하신 두 딸 또한 착하고 귀엽고 우리 가족이 주님 안에 함께 한다는 생각에 더욱 감사한다오.

여보, 어려운 상황 속에서 우리에게 풍족함을 주시는 주님을 늘 기억한다오. 이곳에서 새로운 감독님이 오셔서 이야기하는 것을 들어보니 배 타기도 힘들고 특히 해운 경기가 계속 침체 속에 어려움이 있다는구려. 주님을 영접하지 않는 이들은 걱정과 배타적인 생각을 하지만 나는 주님께서 모든 것을 해결해 주시리라 믿으니 감사가 나온다오.

여보, 우리 그리움을 이기면서 만날 날을 위해 기도합시다.

지금 출항하는구려. 다음에 또 펜을 들겠소. 주님께서 항상 함께하시길 바라며

                                        −당신의 지체가−

스물세 번째 편지

일본을 출항한 지 이틀, 여기 대만 앞에 오니 봄 날씨가 되어 우리를 맞는구려. 여기에서 더욱 내려가면 여름 날씨 한 달 동안에 삼 계

절을 피부로 느끼는 생활을 하다 보면 계절이 어떻게 가는지도 모르면서 지내지만, 당신을 사랑하는 마음은 언제나 변함없는 것은 주님의 은혜 속에 결실 맺은 것 때문이라 생각한다오. 지금도 주님의 일을 위해 교회에서 봉사 활동을 하는 당신을 생각하며 주님의 크신 은혜가 우리 가족을 지켜주심을 감사한다오.

일본에서 편지로 전해 들은 소식 덕분에 바쁜 일과 중에서도 피로가 저절로 풀리는 것 같다오. 우리 사랑하는 딸 유리가 유치부 금상을 받고 당신 또한 동상을 받은 것이 선원 책자에 실려 있는 것이 나올 때 얼마나 즐거울지 약간 아쉽다면 소영이가 입상하지 못한 것이 아쉽지만 그래도 당신과 유리가 다 입선된 것이 얼마나 즐거운지 모른다오. 많은 사람이 참석했다는데 거기서 동상을 받은 것도 보통 일이 아닌 것을 알고 있다오. 욕심 같으면 특상을 받아 책에 실리면 더욱 좋겠지만 이것은 과욕이겠지요. 큰상이건 적은 상이건 당신의 이름이 책에 올려있는 것으로 만족한다오.

이렇게 당신의 입선작이 책으로 나오니 동료들이 부러워하는 것을 볼 수가 있다오. 유리가 금상에 당신이 동상에 입선하게 해주신 하나님께 영광 돌리며 당신과 딸에게 축하하는 바이오.

유리가 너무 기특하구려. 경제 신문에 무엇을 내었는지 또 상을 탔다니 당신 닮아서 똑똑한 것 같소.

사랑하는 여보, 주님께서 허락하신 두 딸 주안에서 합당한 딸로 키워갑시다. 이번에는 대만을 거쳐서 몇 군데 들렀다가 싱가포르에서 선박을 수리 예정이라오. 수리에 들어가면 시간이 좀 있을 것인데 한국에서 수리하면 얼마나 좋을까 생각한다오. 언젠가 한국에 보내주시리라 바라며 기도한다오. 여보 보고 싶구려.

여보. 이번에 한복희 형제의 집에서 가정적으로 어려운 때가 있었던 것 같소. 한복희 형제 부인이 자궁외임신이었다가 이번에 병원에 수술을 받았는데 위험한 고비를 넘겼다고 하더구려. 수술비용 300만 원은 나중 문제로 치더라도 아내가 사경을 헤맸다고 하오. 지금은 거의 회복단계에 온 것 같소.

이런 경험때문인지 주님을 영접할 의사가 있다고 하면서 국장님이 나를 보고 교회에 좀 인도 해달라는 부탁을 받았소.

우리가 찾아다니면서 전도해야 할 처지인데 이렇게 부탁을 하고 있는데 우리가 마다할 수 있겠소? 기꺼이 하겠다는 약속하고 나서 대만 입항 하루 전에 또 부탁하는 것을 볼 때 이것이 우리의 사명이라 생각된다오.

사랑하는 여보, 한복희 형제를 위해 함께 중보 해주길 바라오.

언제나 보고픈 당신이기에 사랑한다는 말밖에 할 것이 없다오. 언제나 주님이 함께하시기에 사랑하는 당신과 두 딸을 지켜주시리라 믿기에 감사하며 생활을 할 수 있다오.

우리 하나 된 지 10년이 되어가는데 날이 갈수록 당신이 보고 싶은 것은 나의 한 몸이기 때문이라 생각한다오.

여보 길다면 긴 세월 아직 보금자리 장만하지 못하고 당신을 고생시키는 것을 생각하면 언제나 미안하오. 조금 어렵더라도 좀 더 나은 내일을 위해서 참고 견딥시다.

항상 건강 주의하길 바라며 주안에서 승리하는 생활 하길 바란다오. 여보 다음 기항지에서 당신과 마주하겠소. 주님의 은혜가 있길 바란다오.

-당신의 지체가-

아빠의 편지_둘째 딸 유리에게

사랑하는 유리에게

유리가 보낸 편지 아빠 잘 받았단다. 이제 많이 커서 아빠에게 편지도 쓸 줄도 아는구나!

언제나 착한 유리를 아빠는 언제나 좋아한단다. 거기는 몹시 춥겠구나. 여기는 한국의 여름 날씨처럼 매우 덥단다. 이런 더위에도 유리가 언제나 기도하기 때문에 아빠는 잘 있단다. 매일 열심히 기도하고 이제 공부도 열심히 해야지. 엄마 말 잘 듣고 예수님 안에 착한 아이가 되길 바란다.

-아빠가-

3부 아내의 편지

첫 번째 아내의 편지

주님 어려움에서 건져 주심 감사합니다.

소영 아빠, 지금 너무 가슴이 아프답니다. 시리도록 저며오는 이 아픈 마음을 당신은 아시나요? 아빠, 오늘 항해사님을 만났습니다. 당신의 소식을 듣고 싶어 기사님 댁까지 갔었답니다.

당신 눈 아픈 것도 염려되고 당신의 가장 가까운 소식을 듣고 싶어 아이들을 데리고 갔었지요. 항해사님께서 이번 배 사고를 이야기하시더군요. 정말 정신이 멍하고 맥이 빠져 말을 할 수가 없어요.

상용 씨, 나와 당신이 한 지체라고 하면서 당신이 생사와 싸울 때 저는 뭘 했는가요? 당장 배를 그만두라고 하고 싶은 마음이 가득해요. 내게 작은 능력이라도 있다면….보고 싶어요. 당신과 함께 갔던 사람은 모두 왔는데 당신만 혼자 떨어져 계시니 서운하시고 속상하시죠.

상용 씨, 소영이가 우리 사랑의 첫 열매니까 우리 열심히 키워야지요. 당신이 보고 싶은데 항해사님 말씀이 오실 기회가 없다니 당신이 오실까 봐 얼굴 손질도 했는데….

오늘 항해사님도 우리 소영이 보고 생각보다 건강하대요. 항해사님을 아빠를 본 듯이 좋아하고 어찌나 귀찮게 했는지 미안하더군요.

당신 배 사고 날 때 꿈을 꾸었습니다. 당신이 물에서 작은 배를 끌고 여수라면서 옷이 흠뻑 젖어오시더군요. 저는 당신이 한국에 오시려나 했습니다. 항해사님 말씀 듣고 보니 못 오는군요.

상용 씨, 우리에게 시험을 주시고 이길 힘을 주시는 주님이 계시기에 주님께 매달려 기도합니다. 우리에게 더욱 기도할 수 있게 하시니 얼마나 감사한 일인지요.

다른 가족의 부인들은 돈을 벌며 남편을 돕는데, 저는 당신을 위해 무엇을 하는지요? 당신을 위해 기도하는 것 외에 아무것도 드릴 것이 없어요. 당신과 함께하는 작은 시간이 주어질 때 당신을 위해 기도하고 당신께 편지 쓰렵니다. 저도 당신도 주님 편에서 살면서 세상의 것보다는 영의 것을 위해 살아갑시다.

상용 씨, 고린도전서 6장을 읽어보세요. 저는 요즘 신약을 계속 읽습니다. 지금 계시록을 읽고 있는데 내일부터는 구약을 읽으렵니다. 다음 교대자 편에 조용기 목사님 설교 테이프를 보내드릴게요.

나도 집에서 할 수 있는 부업을 찾아보려고 해도 아이들이 어리고 소영이를 신경 써야 하고 교회 일도 성경 읽기도 모두 안 될 것 같아요. 소영이가 수술하고 유리가 어느 정도 크고 나면 생각해야 할 것 같아요. 이제 당신께 자주 편지 드릴게요.

언제나 당신을 보고 싶은 하는 아내가 언제나 당신을 염려하면서….

하늘에서 비가 내린다.
내리는 빗속에 밀려오는 그리움
숱한 세월 속에 언제 자리 잡았을까 무작정 그리워하고 보고 싶은 것은
정녕 무엇이란 말인가?
시리도록 젖어오는 이 가슴을 열어젖히고
그이 속에 네가 내 속에 그이가 서로를 확인하고
아 정말 보고 싶은 얼굴…. 얼굴….
임이여 언제나 오시렵니까?
당신 가슴의 뜨거운 피가 언제 내게 닿아 서렵니까?
이대로 당신을 사모하면서 이 세상을 마친다 해도
언제나 당신의 아내가 되고 싶어라.
나 당신의 아내이어라.

-1985.6.7. 아내 드림-

두 번째 아내의 편지

바다에서 보낸 편지 보내준 편지 잘 받았습니다.

항해사님 만나고 당신의 편지 받고 계속 즐거운 시간입니다. 내게 당신의 편지 한 장이 얼마나 큰 즐거움이고 기쁨인지 당신의 편지를 대할 때마다 당신이 더욱 보고 싶어진답니다.

아빠, 소영이와 유리가 이제 제법 당신을 위해 기도할 줄도 알고 아이들이 커갈수록 허전해지기도 해요. 당신 편지에 테이프와 사진, 그리고 양말을 받았다는 소식이 없어 궁금하군요.

섬에 아버님께서 한 번 다녀가신 후 소식이 없고 여름방학 하면 가볼 생각입니다. 교회는 요즘 우리 구역에 식구가 많아져서 즐겁고 우리가 작년에 참가했던 퀴즈대회가 있습니다.

그리고 연상동 이모부께서는 6월 말에 귀국하시고 다람쥐 쳇바퀴 도는 생활은 당신도 나도 마찬가지겠지요. 어서 당신을 만나서 얘기하고 싶고 소영이도 보이고 싶은데 우리의 거리가 너무 멀군요. 소영이는 오늘 유치원에서 가게 놀이를 한대요. 이제 제법 말을 잘 듣고 동생도 잘 도와주지요.

어제 당신 월급 58만 원 수령 했습니다. 열심히 산다고 살아도 왜 이리 안 풀리는지 그래도 이제 이전보다는 많이 좋아졌잖아요. 주님의 것을 주님께 드리고 이제 헤어짐도 익숙해질 때도 익숙해질 때도 되었을 텐데 당신이 떠나신 지 58일, 당신의 글이 내게 오고야 우리의 헤어짐이 실감 나는 것은 그곳과의 거리는 멀지만 가장 가까운 곳에서 함께하시기 때문이겠지요.

보고 싶어요. 무엇보다 선박 교회를 세우셨다니 주님께 감사드려요. 그리고 아내가 축하드려요. 이제 예배드리기 시작했으니 전도하세요. 때를 얻든지 못 얻든지 뿌리시면 거두시는 분이 계시니까 열심히 뿌려보세요. 저도 아이들도 건강하며 선교회에 자주 나가요. 당신의 편지를 목사님께서 갈릴리에 싣겠다고 가져다 달래고 하셔서 가지고 나가려고 해요.

크리스마스 때쯤 당신과 만나게 되기를 원해요.

해양대학교에서 있었던 백일장에서 유리가 금상을 타고 저는 동상밖에 못 탔어요.

늘 당신께 감사한 마음과 당신의 아내 됨을 주님께 감사하며 늘 당신을 기억합니다.

내년에는 정말로 잘해 볼게요.

언제나 당신을 사랑하는 아내가 곁에서 기도하고 있다는 것 잊지 마시고 힘들고 외로울 때 참고 견디세요. 언제나 당신이 보고 싶은데 나는 꿈도 꾸지 않아요.

상용 씨, 사랑해요. 사랑하는 우리, 다시 만나게 되리라 믿으며 당신의 건강을 빌어요.

세 번째 아내의 편지

상용 씨, 주님의 은혜 속에 한 달이 넘어가고 다시 2월이 왔습니다. 당신과의 결혼기념일에 남동생 정택이가 결혼하고 보고 싶은 당신은 오시지를 않고 화가 나기도 하고 속이 상해요.

주님의 은혜 속에 소망교회 잘 이끌어 가시리라 믿어요. 친정에서 보름을 보내고 와서 선교회에 가지도 못했어요.

선교회는 목사님 한 분 더 오시고 다락방은 이사했어요. 구정 때 섬에 가지 못하고 2월에 아버님 생신에 가려고 해요. 유리가 2월에 졸업하면 내년에 학교 갈 때까지는 1학기는 집에서 쉬게 하고 2학기부터 미술학원에 보내려고 해요.

소영이가 이제 한글을 알고 2학년부터는 신경을 써야겠어요. 상용 씨, 주님께서 우리와 함께하시기에 당신과 헤어져 있어도 우리는 늘 하나가 되어 있는 기분이랍니다. 아이들도 당신을 보고 싶어 해요.

당신 저번에 전화로 용돈 몇 달 분 다 쓰신 것 아니에요? 힘드시면 가불을 조금 하세요. 유리가 아빠를 보고 싶어 해요. 여기는 계속 힘들고 형님도 작업이 쉽지 않나 봐요.

연산동 이모부 아직도 쉬고 계시고 배 타기가 쉽지 않음을 피부로 느껴지니까 당신을 위해 내가 부업을 시작해야겠다는 절실한 생각이 들어요. 소영이가 조금 크고 나면 시작해야겠어요. 당신과 함께하는 시간이 얼마나 귀하고 소중한 시간인데 당신이 계실 때는 정작 잘해드리지도 못하고 후회가 되면 뭘 해요?

당신이 계시지 않으니 보고 싶어요. 35살, 이제 안정도 되어야 할 텐데…

소영 아빠, 주님께서 허락해 주시면 이제 안정이 되겠지요. 당신 만기가 9월인데 재형저축 만기가 11월이니까 아무래도 연장이 되어야겠군요.

상용 씨, 힘들고 고달프고 해도 참고 견디다 보면 좋은 날도 오리라 믿어요. 당신과 아이들만 건강하면 형님이 이 집을 팔려고 내놓았습니다. 감천 쪽으로 가려고 하는데 또 소영이를 전학시킬 수도 없고 전세도 너무 오르고 하니까 걱정도 돼요. 형님만 따라가면 싸게 있을 텐데 발전이 없어요. 당신이 연장할 생각만 해주시면 연말에 재형저축 타고 대출받든 해서 작은 아파트나 대신동 산동네라도 집을 사고 싶어요.

평지에도 평수가 작은 것은 천만 원 정도면 살 수 있어요. 아파트보다는 평수가 작아도 주택이 좋겠답니다.

당신 의견이 듣고 싶어요. 그동안 한국에 오시겠지요. 서로 생각하다가 만나서 얘기합시다. 어서 당신이 한국 오시길 기도하여 꿈이라도 당신을 보고 싶어요.

꿈도 꿀 수 없는 아내가 바보인가 봐요. 동남아에 오시고 한국 오시게 되면 진열장에 장식할 아기자기한 장식품 생각해 보세요. 작은 고

동도 예쁘네요. 가까운 시간에 한 번 오시리라는 기대 속에 한 날 한 날을 보냅니다.

작은 집이라도 내 집을 사서 당신과 함께하고 싶은 아내가 당신을 위해 기도하고 있다는 것 잊지 마세요. 친정교회 목사님 울산으로 오셨어요.

상용 씨, 주안에서 감사하며 우리의 모든 염려를 주께 맡기고 기도합시다. 이 집이 언제 팔릴지도 모르니 우리는 기도하면서 우리의 길을 찾아봅시다. 매우 추워지는데 당신 계신 곳은 봄인가요?

보고 싶은 당신을 그리워하면서 당신의 아내 드림

네 번째 아내의 편지

상용 씨, 세월의 흐름 속에 마지막 한 장 남은 달력을 넘긴 지도 20일 당신의 편지 속에서 당신을 기억하며 주님께 감사 기도드린답니다.

늘 깨어서 기도하라는 말씀 속에 기도하며 선원과 바다를 위해 기도합니다.

저번에 동강 교회에서 해양대학 시클로우스 중창단이 해상 선교의 밤을 마련하여 뜻깊은 하루를 보내고 다시 새로이 기도하며 정현이가 그날 많은 은혜 받고 선박 선교사들을 위해 기도하는 것 잊지 않는답니다.

그리고 저번 달 급여 타서 재형저축을 25만 원씩 넣었습니다.

회사에서 퇴직 보험료를 144,600원 공제하고 아버님 보험료도 한 달에 2만 원 이상 들어가기 때문에 들어가기 때문에 일단 25만 원 넣고 나머지는 생활비 외에 쓰이는 곳에 쓰고 특별한 일이 없는 한 따로 저금해야겠습니다.

이달에는 지금 아버님께서 와 계시고 어머님 약사고 나니 5만 원 적자인데 다음 달에는 유리와 소영이 겨울옷이 5만 원 나가야 합니다. 당신이 오시면 좀 써야 하겠고 한국 오시면 얼마나 좋을까 보고 싶어요. 25만 원씩이면 300만 원 하고 이자가 50만 원 가까이 되고 회사에 적립금 50만 원 되니까 400만 원은 되는 셈이지요.

저도 최선을 다해 볼게요. 그리고 십일조는 지금 총액으로 하고 정확하게 하려고 해서 실수령으로 하니까 몇 푼 아니지만 적게 하게 되고 마음이 편하지 못해요.

10월 급여 실수령에 532,264원입니다. 재형저축 25만 원, 십일조 6만 원, 방세 4만 원 아버님 보험 2만 원, 생활비 16만 원인데 어머니 모시고 해서 10만 원 빌려 쓰고 있습니다.

다음 달부터는 좀 나아지겠지 생각하며 생활비를 줄여서 나도 한 달에 5만 원씩 저축해가려고 하니 힘들겠군요. 소영 아빠, 당신의 노력에 비하여 너무 저축이 적게 되는 것 같아요.

어서 1년이 지나고 목돈이 되면 작은 연립이라도 하나 사서 방세 내지 않아도 괜찮겠는데, 주시는 것도 주님이시고 거두시는 것도 주님이시기에 우리는 열심히 노력하며 살아야 가야겠지요. 보고 싶어요. 이제 크리스마스 준비로 저도 바빠지겠지요.

저의 특기를 살려 주일학교 유치부 연극을 꾸미려고 합니다. 당신이 보고 싶어요. 한국 오시면 좋으련만 보고 싶은 마음 한가득하네요.

주님께서 함께해주시리라 믿으며 마귀의 것 아니고 주님의 것 되시는 승리의 선교사 되시길 빕니다. 언제나 당신을 사랑해요.

-당신의 아내 드림-

다섯 번째 아내의 편지

믿음의 형제에게 주 성령님이 함께하시길, 그들의 가정과 동국 상선의 승리도 기도하며 찬송할 때 주께서 이루어 주시리라 믿으며 원수, 마귀, 발등 산 되리라 하신 말씀 순종하자 다짐하며 당신의 음성도 얼굴도 작은 손도 모두 그리운 시간, 사랑하는 주님께 기도합니다.

'당신의 그 크신 사랑으로 우리 부부가 함께 깨어 기도하게 하시고 찬송하게 하시니 감사합니다.'하고요.

상용 씨, 보내주신 편지를 받아보고 주님께 감사드렸습니다.

선원의 각 가정을 위해 기도할게요. 선교회 중보기도도 빠지지 않으려고 노력하고 있어요.

유리가 또 경제 신문에서 그리기 상장을 받아왔어요.

정말 재미있어요. 내게 당신을 주신 주님께 감사드려요.

당신과 당신 교회를 위해 우리 주님께서 함께하시길 원하고 바라면서

                  -당신을 기억한 이 시간 당신의 아내가-

4부 아내의 시

섬

사방이 물이어야 섬이든가
사방이 숲이라도 섬이 된다
내 속에 가둬버린 것들
내 속을 보이지 못하는 마음
오롯이 내 속에서만
살고 있는 것들을 토하면
누가 알아주리오
하나를 토하면 둘이 되어 돌아오는
섬이 커진다.
토할 수 없으니 커질 수밖에
홍수가 나고 바다가 뒤집혀
섬이 물속에 가라앉아야 할까?
아니, 홍수가 나기 전에 뭍으로 나가자
한구석을 탁 튀우자!

숟가락

숟가락에 밥을 담아 입에 넣는다
어떨 때는 흰밥에 김치
어떨 때는 나물밥, 어떨 때는 생선
무엇을 담아주든 불평하지 않고
담아주는 대로 입에 넣어준다
일 년 삼백육십오일 하루에 세 번
꼬박꼬박 일해도 고맙다고 안 한다
숟가락이 없으면, 얼마나 불편할지
아무도 모르는 것은 아닌데
숟가락
내 주위에 숟가락과 같이
뒹굴고 있는 고마움이 얼마나 많을까?
지금부터 찾아 나서야겠다

통영

불현듯 그리운 통영
토성고개 기와집 흐느러진 벚꽃
아침, 저녁으로 걸으며
대화하던 그곳
가게 평상에 앉아 창문을 열면
늙은 느티나무 아래 노란 벽돌집
동피랑 올라가는 언덕에 커피집
살맛 나는 시장통의 정겨운 말투들
모두가 그리움이 되는 오늘 이 아침
설거지도 하지 않고 경대 위를 치우다가
노부부가 앉아 아침을 먹을 것 같은 툇마루가 생각나는
그 기와집의 향기가 나를 그곳으로 이끌기 때문이다

여행

반쪽으로 시작하여 전부가 된 사람과 길을 떠났다
오라는 이는 없어도 갈 곳 많은 길
그곳에서 만난 계곡
흐르는 물소리가 깨워도 녹지 않은 얼음 한 덩이
찌들고 굳어버린 내 마음과 같아
뛰어내려 뾰족한 돌로 깨워주고 싶어 억지로 깨어보려 하다
기다림이란 단어가 생각났다.
기다리다 보면 스스로 녹겠지....
이제 곧 더 뜨거운 햇빛이 찾아오겠지
잡았던 돌을 내려놓고 하늘을 보니
하여튼 햇살이 기다려줘서 고맙다고 한다

앨범

우리 부부는 서로의 추억이 다르다
부부가 된 후의 추억도 달라야 했던 우리
그는 배를 타고 이곳저곳을 찍고
나는 그의 부재중에 찍은 사진들
분명 우리는 하나인데 앨범엔 함께 함이 적다
세계를 다녀도 함께하지 못한 추억
그걸 보며 그 속에서 같음을 찾는다
서로에 대한 애뜻함을

게으름 1

냉동실에 가득 먹을 것이 많은데
오늘도 김치 하나, 된장에 밥을 먹는다
새우도, 홍합도, 생선도 쇠고기도 있는데
게으른 나는 나를 위해 요리하지 않고
속이 따가워 올 것을 알면서도
꾸역꾸역 맨밥에 김치 말아 밥을 먹는다
게으른 자여 게으른 자여
남을 위해 하지 말고 너를 위해 반찬을 해라

게으름 2

일어나기 싫다
68년 삶 중에 제일 편하게 보내고 있는데
팔이 아프고 일어나 화장실 가기도 싫고
밥을 챙겨 먹기도 싫다
우리 아버지가 보셨으면
그 정도면 죽어야 한다고 하시겠지
일어나자
화장실도 가고 밥도 챙겨 먹자
한없이 누워만 있는데 작은딸한테서 전화가 왔다.
얼굴 가꾸라고
요즘 얼굴에 크림을 바르다 보니
양치 컵이 왜 있어야 하는지 알 것 같다
그동안 흐르는 물을 손에 받아 벌컥벌컥 양치했는데
크림이 씻길까 봐 양치 컵을 쓴다.
도구를 쓴다는 것은
게으름에서 벗어나는 일이다

강가의 풀

기나긴 겨울 찬바람 서리 어이 이기고
오늘 나그네 된 나를
이리도 반갑게 맞아 주는가?
징검다리 건너 내 집 앞에 두고
밥상하고 싶은 바위에 앉아
시린 물속에서
물 위의 푸르름을 지탱한
가늘고 하얀 뿌리를 보며
아! 하나님의 창조여

머리숱

이 양반아
그 많던 머리숱 다 어찌했소
우리 마누라가 내 새끼가
한가닥 한가닥 다 뽑아 갔죠
밥 먹이고 공부시키고 옷도 사 입혔소
이 양반아
이제 몇 가닥 안 남았구려
이제 우리 마누라가 마저 뽑아 먹겠죠
그래도 내 먹을 것은 남겨 놓았겠죠

석양

어찌 뜨는 해만 아름다우랴?
솟는 해에게 평안을 빌고 소원을 빌지만
지는 해를 보며 감사할 줄 몰랐든가
오늘 하루 잘 보냄을 감사하며
하루의 고단함도 즐거움도 모두 품고
온 산을 온 바다를 붉게 물들이고
모든 것을 품고 넘어가는 석양
내 인생도 넉넉하여 주위에 늙음을 나누는
생이 되길 기도한다.

0시

하루와 하루 사이 잠은 오지 않고
꺼진 불을 다시 켜고 펜을 잡았다.
좁은 집
이리저리 둘러봤자 한 눈 안에 있는 이곳
이 속에서 무엇이 생각날까
개나리, 진달래, 벚꽃 날마다 오르내리던
통영 토성고개가 그립다.
길을 걸으며 흥얼거리던 시구
개 짖는 소리 자동차 소음 똑같은 소리인데
그곳과 이곳은 다르다.
개 짖는 소리도 자동차 소음도
0시 이 시간도 분명 다르다

꽃이 진다

오늘이 어제보다 늙음을
꽃이 지고 없어지기 때문이다
활짝 피었던 벚꽃은 어디로 가고
푸른 나뭇잎이 나를 좀 봐 달라는데
사람들은 무심히 그 길을 걷는다
몇 날이 모여 가고 나면 낙엽이 지고
낙엽 후의 앙상함은
꽃이 필 날이 가깝다는 거겠지
피고 지고 또 피고 세월은 늙어가고
나는 늙어가는 줄도 모르면서
꽃을 기다린다

오지 않는 벗 1

오늘 온다던 벗이 오지 않고 소식도 없다
오려나 하고 준비한 음식들
전화를 해도 받지 않고 걱정이 된다
약속을 지키지 않음에
화낼 시간도 주지 않는 무소식에
걱정을 하는 것 보니
친구임은 분명한 것 같다

오지 않는 벗 2

보름도 넘어 전화가 왔다.
미숙이가 전화하지 않았느냐고
서로의 시간이 맞지 않아 못 왔다는데
내 핸드폰에 입력되지 않는 번호는 받지 않고
그렇게 된 것 같아 오해는 풀렸는데
또다시 오마하는 벗에게 그러자고는 했는데
이번엔 시장은 안 갈 것 같다

기다림 1

누군가를 기다린다는 것은 희망입니다
긴 밤을 지새우고 새벽이 와도
기다려야 하는 사람이 있다는 것은 희망입니다
나를 기억조차 못 하는 사람 일지라도
나에게 기다림의 의미를 주는 사람이라면
나는 행복합니다
기다림이 절망 되어 무너질지라도
나는 슬퍼하지 않습니다
그가 나를 기억조차 못 할 시간들이
내게는 소중하기 때문입니다
오늘도 빈 전화통에 하루를 걸며
절망이 되풀이될지라도
기다리는 사람 있어 나는 행복합니다

기다림 2

가슴 설레는 사랑을 해봤습니까
그를 생각만 해도 가슴이 뛰는 사랑을
지금은 어느 바다에 떠 있는지도 모르는
나의 사랑, 나의 주인 그에게서
설렘과 아픔 그리고 믿음 그 모든 것을 배웠습니다.
예순아홉의 여자가 손자가 중학교 일학년인 여자가
아직도 가슴 설레는 사랑으로 가슴앓이하고 있다면
그 누가 믿어 줍니까
새벽녘 눈을 뜨고
빈자리 빈 베개에 가슴을 묻고 그리워하노라면
그의 모든 것들이 살며시 찾아와 위로해 줍니다
우리 둘이 서로 늙어
볼품이 없어질 나이가 되었어도
나는 이 설레는 가슴을 안고 살렵니다
날마다 당신의 아내 되어 행복하다는 고백 속에
늙어 가렵니다

팔불출

누가 이 꽃 자랑을 팔불출이라 했는가?
보고 또 봐도 예쁘고 귀엽고 이제 백일인데
발돋움하는 아이 학교 보내야 한다고.
신발 보내 달랬더니
빨간 예쁜 운동화 보내준 친구
넉넉하지만 크지도 않는 신을 신고
학교라도 가려는지
발을 동동거리는 아이
내 딸이 이런 예쁜 아이의 엄마랍니다

아버지

아버지는 내게 백만장자 되라 하셨네
내 주머니 백만 원은 있으니
이 돈으로 가오리 한 상자 서서
회도 찜도 대접할 수 있는데
저 산에 누워계신 아버지 떠나보낸 이 날이면
상다리 부러지게 한 상 차려도
볼 수 없는 아버지가 보고파 목이 멥니다

선인장꽃

너 삐쩍 말라 버릴까 했지
눈길 한번 받지 못했지
사랑을 받아야 예뻐진다는데
누가 널 이리도
예쁜 채색옷을 입히더냐
사람이 어찌 이리 고운 빛을 내리오
사랑
그분의 사랑이
널 이리 빛나게 했구나
그 사랑
나도 받고 싶다

우리엄마 DNA

우리 엄마는 참 예뻤다
요즘 시대라면 탤런트다
옷맵시도 좋았고 몸매도 예뻤고
그 시절에 우리에게 한글도 가르쳐 줬고
비 오는 날이면
"이놈 흥부야 잘 살아도 네 팔자고 못 살아도 네 팔자다."라는
흥부전도 읽어주셨다
노래도 잘 부르셨고 가요무대 테이프도 모으셨고
마이크도 가지고 계셨다
엄마는 초저녁에 주무시고
내가 새벽에 눈을 뜨면 일을 하고 계셨다
바지락을 까고 시금치를 골라 묶고
어느 날 엄마가 보이지 않아
우리를 두고 도망갔나 싶어 밭으로 논으로 찾아 나섰더니
엄마는 달빛을 벗 삼아 김을 매고 계셨다
엄마하고 부르니 깜짝 놀라며 낮에는 덥고
시원한 밤이 일하기 편하시다던 엄마
엄마를 닮아 초저녁잠이 많은 나는
새벽이면 엄마 생각이 난다

테스 형

텔레비전 '불후의 명곡'에서 김호중이
나훈아의 '테스 형'을 부른다
나의 테스 형 나의 아버지
술 좋아하시고 인정 많으시고
엄마 잡는 킬러셨지
내가 엄마가 되고서야 아버지를 이해할 수 있었던 것은
나의 엄마는 너무 예뻤고, 똑똑했다
힘이 아니면 이길 수 있는 것이 없었기에
그렇게 힘으로 이기려 했던 나의 테스 형
지금은 엄마랑 만나 안 싸우시죠
보고 싶습니다

돋보기

돋보기의 힘을 빌려 바늘에 실을 꿴다
한땀 한땀 이불을 꿰매며 엄마를 생각한다.
친정 가면 반짇고리 바늘 몽땅 내놓으며
바늘에 실 꿰고 놓고 가라고 하시던 엄마
돋보기 하나면 될 것을 그때 왜 하나 사드리지 못했을까?
지금 이 시간이 지나고 나면
또 후회할 일이 분명 있을 텐데
돋보기
세월이 흐른 후
또 가슴에 남을 돋보기를 남기지 말아야 될 텐데

재명이에게

부모 아니 아비는 뼈였다 뼈는 너를 지탱했다
뼈가 무너지면 살은 남아 있어도 살은 힘이 없다.
힘없는 어머는 주고 싶어도 줄 수 없는
이빨 빠진 호랑이가 되어간다.
막내아들 가슴에 안고
우짜꼬 우짜꼬 재명아!
혼자 남은 엄마 잘 챙기는 아들이 되거라

분홍꽃

주인도 없는 집에 허락지도 않았는데
비워둔 화분에 분홍색 꽃이 피어있다.
어디서 왔는지 이름이 뭔지 왜 왔는지
물어보지 않고 얼른 물 한 바가지 주었다
휴~
얼마나 목이 말랐으면 이파리가 말라 갔을까?
한숨을 고른 뒤 뒤돌아보니
꽃잎에 생기가 생겼다

메마른 내 영도 성령의 단비를 기다리며...

친구1

내게 고향 같은 친구와 밥을 먹는다
입을 열지 않아도 뭘 말하는지
그의 눈만 보아도 들여다보이는
마음을 읽으며 말없이 숟가락질한다.
젓가락이 무슨 반찬을 집는지
무슨 맛인지도 모른 체 친구의 눈만 들여다본다.
힘들지....
응
힘내!
무언의 대화 속에
젓가락만 달그락달그락
내일은 친구를 만나 가을 전어 한 접시 놓고
그의 가슴이 열릴 때까지
기다릴 수 있음을 얘기하고
내가 먼저 손 내밀어 보리라

친구 2

날씨 좋다
그래 날씨 좋다
비가 와야겠지
그래 비가 와야 할 텐데
분명 마음에 병이 있다는 증거다
탁 트인 바다가 보이는 공원에 그와 나란히 앉아
그의 이야기를 들어준다
쌀 한 가마니의 넉넉함이
품어야 하는 이야기 속에
위로하기보다는 위로받는 시간이 되어
그를 집으로 돌려보내고
남의 불행이
왜 나의 행복이라고 했는지
오늘 나는 그 맛을 봤다

대식이 간 날

우선아!
동그란 눈 오뚝한 코 금방이라도
웃을 줄 것 같은 너의 모습
그 속에 왜 오늘이 있니
대식이 보내고 우찌 살끼고
우선아! 우선아!
힘들지 그냥 울어
눈물이 마를 때까지
울고 또 울다 보면
살길도 보이겠지
우리 살아보자 산 사람은 산단다
너는 엄마니까 살아 낼 수 있을 거야
힘내라 딸 우선아!

커피

너란 놈은 참 요상하여
아침이면 나를 유혹했지
너를 보면 가슴이 뛰고
목구멍이 열리고 혀가 당기는데
다가오는 밤
잠 못 이룰 생각에
참자, 참아야 한다
마시자 마시고 보자
향에 취하고 혀에 닿는 쓴맛에 취하고
목구멍으로 넘어갈 때 깔끔함에 유혹에 못 이겨
밤을 지새웠는데
디카페인 너 정말 반갑다

바람

바람이 분다.
불어주는 바람이라면
느끼기라도 할 텐데
소리도 느낌도
냄새도 없이
우리를 잡아 버리는
코로나19

그리움 1

터덕터덕 길을 걷는다
이 발걸음 끝에 내 집이 있다.
아무도 기다려주지 않는데
무엇이 좋아 걸어가는지
낡은 아파트 계단 끝
삐·삐·삐 덜커덩
문이 열리고 쏴 한 찬바람만이 나를 맞는
캄캄함 이 속에 추억이 있기에
신랑도, 딸도, 손자도 만날 수 있기에
오늘도 터덕터덕 이 길을 걸어왔다

그리움 2

볼 수 있는 것은 그리움이 아닙니다
봐야 하는데 볼 수 없는 것이 그리움입니다
손에 잡혀야 하는데 잡히지 않고
볼 수 있어야 하는데 볼 수 없기에 그리움입니다
음성은 들려도 만날 수 없기에
그리움만 쌓여갑니다
눈 감고 그려보려 해도 느낄 수 없기에
그릴 수가 없습니다.
그의 숨결도, 눈길도, 보고파
차라리 음성을 듣지 않는 것이 좋을 뻔했습니다

봄

개나리, 진달래, 유채가 어우러져 있던 세포 고개
어린 딸들을 데리고 그 고개로 꽃놀이 가던 시간
길가에 작은 옹달샘도 있었고 개나리는 길가 논둑에
진달래는 나지막한 산에 유채는 근처 밭에
삼덕행 버스에 혼자 몸을 싣고 오늘 세포 고개를 지났지만
그 논둑엔 개나리가 없고 그 밭엔 유채꽃이 없고
먼 산의 진달래만 나를 맞는데
딸들도 결혼하여 멀리 떠나고 개나리 유채꽃도 없는
세포 고개에서 나만 홀로 어린 딸들을 찾는다

찰나의 행복

큰 길가 낡은 기와집
담쟁이가 담을 덮고
벚나무는 꽃망울을 품은
한 폭의 수채화
그 속에 노부부가 마루에 앉아
아침상을 마주하리라는
상상의 나래를 펼치며
모퉁이를 돌아 맞이한
하얀 샷시 대문
잠시 잠깐 스쳐 간
내 상상의 나래를 접고
비 내리는 벚꽃길을
또 다른 행복 찾아 걸어본다

낙화 1

비가 온 뒤 아침햇살 벚꽃잎 머금고
길 가던 중늙은이
실 눈감고 무지개에다
그 꽃 태웠네
어디다 내려줄지 애태운다
해야~무지개야~ 이 꽃잎 태우고
바다 건너 내 임에게 나를 내려다오

낙화 2

저기 빗자루든 남자야
돈벌이로 쓸어야겠지만
조금 있다 오너라
하늘에서 내리는 이 꽃비
나는 조금 더 맞고 싶다

—

낙화 3

연분홍 낙화가 얼굴을 스치며
살고 싶다 한다
살릴 수만 있다면 삼백예순날 같이하고 싶다
사람이 어찌할 수 있을까?
낙화도 연분홍색도
그분이 아니면 만들 수 없기에

청춘

누가 꽃이 지면 끝이라고 했던가?
마지막 남은 꽃가지 비집고 파란 잎이 나왔는데
꽃이 최고의 청춘인 줄 알았건만
꽃이 져도 또 다른 청춘이 돋아나고
우리네 인생도 지고 나면 젖먹이들이 커오겠지
청춘
세월 따라 언제나 청춘들은 있다

가랑비

똑똑똑도 아니고 뚝뚝뚝도 아니고
땅바닥에 소리 없이 닿는 이 물이
비라고 하니 맞아야 하나 우산을 써야 하나?
여기서 저기 뛰면은 흔적도 없을 것 같고
천천히 걸으면 옷이 젖을 것 같은데
너도 비더냐
비.... 그래 너도 비다
물이 바닥을 적시니까

가랑비와 이슬비

어릴 적 아버지는 비를 맞고 일을 하셨다
아버지 비 맞지 말라고 하면
게으른 놈 놀기 좋고
부지런한 놈 일하기 좋게 온다면서
일하셨다
없이 사는 집에 손님이 왔는데
그 손님이 사돈이라 가시라고 말도 못 하고 있는데
가랑비가 왔다고 한다
사돈 가시기 좋으라고 가랑비가 오네요 하니까
사돈 아이고 사돈 잘 있으라고
이슬비가 오네요. 하더라는 얘기해주시던 아버지
이렇게 이슬비 내리는 날이면
비가 와도 새끼꼬시고 멍석 만드시던
아버지 모습이 선하여
아버지 사진을 보며 그때를 그리워한다

사랑

어릴 적 내 이마 짚고 내가 아팠으면 좋겠다던 엄마
내가 엄마가 되고 나니 그 말을 알 것 같은데
손자가 아프단 말에 내 딸이 먼저 걱정됨은
내리사랑이란 말이 진정한 것이 아닌 것 같다
손자가 짊어지고 갈 세상보다
딸의 가슴이 먼저 걱정되니 나는 사람이 아닌가?
어미가 짊어져야 할 무게 손자가 지고 가야 할 무게
각자의 짐이 있는데 오늘같이 비 내리는 날이면
딸이 애처로워 눈물이 난다. 표현하지 않아도
엄마이기에 내 딸이 좀 편해졌으면
사랑하는 내 딸 엄마가 널 많이 사랑해

내 손자 희원이

엄마가 연수 가고 없는데
동화책 네 권을 읽고 있는
아이의 낭랑한 음성에 눈물이 난다.
언제 컸을까? 왜 걱정했을까?
미세 먼지에 선생님 마스크 걱정하고
2대1 수업이 뭐냐고 하기에
선생님 한 명이 학생 두 명을 가리키는 것이라고
설명해주었더니
임혜선 선생님은 힘드시겠네요. 24대1이라서
며칠을 가방 속에 마스크 넣고 다니면서
선생님께 전하지도 못하는 아이
희원이가 있어 나는 행복하다

행복

양푼 가득 오색나물 담고
밥 한 숟가락 썩썩 비벼
좋아하는 명란 한 덩이도 양푼에 담아
밥상도 반찬도 챙기지 않고
숟가락 하나로 밥을 먹는다
맛나다
나물에서 퍼지는 참기름 향이
깨소금과 함께 혀를 감탄하게 한다
행복
행복하다

중앙시장

통영에서 돈 자랑 말라던 중앙시장
지금도 어른들은 팔딱 뛰는 생선은
값이 얼마냐가 아니고 자연산인지 아닌지가 문제다
자연산만 파는 대야 골목엔 젊은이가 없다.
늙은 할매들이 할배들 상에 올릴 볼락이며 돔을 산다.
고등어가 몇 마리인데 그래도 할매들은 볼락을 산다.
팔딱 뛰는 볼락이라야 생선이라고 믿고 있는 할배들을 위하여
털게 한 마리 먹자고 쌈짓돈을 꺼내는 할매
우리가 이 땅의 마지막 열녀들이다

세월

봄, 여름 가고 가을이 오는 길목
언덕 위의 고목에는 여름 볕에 농익은
검푸른 잎이 나이테 하나 만들며
마지막 푸름을 바람에 흩날리고
올봄 새로 단장한 초록 지붕, 분홍벽돌집
빨랫줄에 어제부터 흰색 반소매 티가
바람에 흔들리는데 몇 번이나 말랐을 티 한장
주인은 긴소매 옷을 입고 나갔는지 빨랫줄에 덩그러니
아직도 혼자 나부끼는 흰색 반소매 티
또 하나의 계절이 오고 세월은 흘러간다.

내 사람

내 사람이 오고 있다 내게로
코로나19가 격리하게 시킨다
가게에서 잘 생각으로 이불과 속옷을 챙겨
택시를 기다리는데 왈칵 눈물이 났다
이 시간 이후의 일어날 일들이 겁이 난다
그를 집에 두고는 안 볼 자신이 없다.
아무 병도 없는데 왜....
탁상행정을 탓하기엔 내가 너무 힘이 없다
그래도 좋다 내게로 가까이 오기에

빼떼기죽

술꾼이 해장하듯 팥이 꼭 먹고 싶은데
호빵을 사서 쪘다 달다 달아도 너무 달다
껍질만 먹고 팥은 버리고 앉아 있는데 팥이 먹고 싶다
팥이 눈에 아른거려 일이 안 된다
삼만 원 가지고 쌀가게 가서 팥 한 되 일만천 원
빼떼기 만 원을 주고 사서 팥을 다 넣고 빼떼기는 반만 넣고
수정이가 준 6월 완두콩을 넣어 압력솥에다 고운다
한소끔 끓은 물을 버리고 생수 받아 다시 끓인다
추가 돌아가고 30분 약하게 돌려 20분 뜸 들이고
조를 넣고 다시 끓이니 맛있는 빼떼기죽이 되었다
맛있다 속이 편해진다
엄마의 냄새가 나서 좋다
빼떼기죽 아 행복하다

모기

윙 하는 소리 따끔 한방 물린 느낌
이불을 뒤집어서 쓰고 잠을 계속 자려 해도
틀렸다 잠자기는 초저녁에 열어놓은 창문으로
모기가 웬 떡이냐고 몰려왔다
너무 많이 빨아 제 몸을 이기지 못하고
날지도 못하는 놈들을 손바닥으로 치니
벽이 빨갛게 물든다 휴지에 침을 발라
핏자국을 지우고 나보다 몇천 배 작은
모기 때문에 잠을 설치는 나와
실컷 배부르게 먹고 휴 하고 쉬고 있다가
커다란 아줌마의 손바닥에 피 흘리며 죽어간 모기
누가 강자인가?
그래도 나는 모기보다 못하다

머리에 안경 낀 여자

책을 읽자고 안경을 찾았다 아무리 찾아도 안경이 없다
오전에 분명히 썼는데 어디에 두었는지 찾을 수가 없어
포기하고 있다가 화장실을 갔는데 머리에 안경이 앉아 있다
왜 머리에 앉아 있을 거라는 생각을 못 했을까?

오독오독

열여덟 예쁜 아씨와 스물하나 섬 머슴아
아씨는 양단 치마저고리 입고
총각은 처남 두루마기 빌려 입고 사진을 찍었다
70년 전 엄마 아빠의 약혼 사진 빛바랜 사진을 복원하여
액자에 넣어 엄마 화장대 앞에 놓았는데
어느 날 보이지 않아 어쨌냐고 엄마에게 물었더니
아버지와 산 세상이 억울하고 분해서
오독오독 씹어 먹었다 하신다
정말 찢어 먹었을까 치매가 조금 있었기에
그러려니 하고 넘겼는데
엄마 방을 청소하다가 화장대 밑에서
상자에 담긴 사진 조각을 발견했다
정말 어쩌면 이렇게 오독오독 찢을 수 있었을까?
색종이를 찢어도 이렇게 잘게 찢을 수 없을 텐데
엄마의 가슴에 무엇이 이렇게 쌓였기에 형체도 없이 찢으셨을까?
엄마의 세월을 안다고 생각했는데 내가 모르는 엄마의 가슴속이
너무 아파하는 것 같아 목이 멘다

만남 1일 전

그가 나를 보러 오고 있다 인천을 떠나 광양으로
꼬박 하룻길 뱃길이 끝나면 그는 내게로 오겠지
예순여섯 40년 전 만나 오늘까지
그는 나를 나는 그를 사랑하며 아끼고 달려온 길
그의 인내로 측은지심으로 나를 끌고 달려온 시간
감사하다고 고맙다고 그저 고생 많았다고
예순여섯 내 인생에
감사하다고 시간마다 고백해도 과하지 아니하는
나의 반쪽 당신이 내 곁에 계셔서 오늘도 행복합니다

세월

무심히도 하더이다 단발머리 하얀 카라
가운데 두 줄 하얀 운동화가 엊그제 같은데
벌써 몇 년인가 반백 년 전의 우리가 다시 만난다니
작년에 본 동무도 처음 본 동무도 이제 동네에서
어깨를 부딪쳐도 몰라볼 수 있는 모습들
어떻게 변했을까?
낙엽 한 조각에도 웃고 40분 수업을 못 기다리고
쪽지 돌리던 그때 무슨 이야기가 그리도 많았을까?
지금 만나면 그 이야기 다 할 수 있을까?
가슴 두근거리는 시간들 속에
세월은 또 흘러 그날이 눈앞에 다가서네

현우를 보내고

말이 없다고 말을 할 수 없다
숨을 거둔 이는 하고 싶어도 할 수 없기에
산 이는 또 전하고 싶어도 전할 수 없기에
잘 있냐고 잘 사냐고 물어볼 수도 없다
현우야! 이사한 곳은 어떠니
그곳에도 여러 가지 집이 있다는데
너의 집은 어떤 곳이니
이곳에서 충성봉사 하다 갔으니 황금보석 꾸민 집이겠지
우리 언젠가는 만날 수 있는 사람들이니까
내가 갈 때 마중 나와 주겠니?

궂은 날씨

구름은 햇볕을 가리고
바람은 쏴 하니 부는 날
아낙네 함바가지
나물새는 바람에 말라가는데
누가 하나 찾는 이 없는 장터
누가 물어나 보면 싸게라도 팔 건데
어제 낮 밭에서 꾸었던 꿈! 이 나물 팔아
사야 할 물건이 몇 개나 되는데
누가 와서 이 나물 사 가주소

비와 엄마

내리는 비를 누가 막으리오
책 보따리 허리춤에 메고 자갈길 뛰어 집에 오면
보리 때 군불 지펴 방을 따뜻하게 해 놓고
얼른 옷 벗고 이불 밑에 들어가라던 엄마
우산이 없으니 학교에 데리러 오지 못하고
방을 데워야 했던 엄마
한숨 자고 나면 수제비, 칼국수
운 좋은 날은 호박전이나 부추전
이렇게 비가 오는 날이면 고향집 초가 추녀의 누런 빗물과
마당을 떠돌던 동그라미 보리 때 불 냄새
세 그릇씩 먹던 엄마의 수제비
비와 함께 몰려오는 어린 날의 기억이
장화를 신고 우산을 쓴 나를 쓸쓸하게 한다

기도

하나님과의 대화
하나님이 나를 위해 기도하고 계시는데
아빠, 아버지 부르면 그래 여기 있다 하시는데
나는 왜 게으름을 피우나
하나님을 만나면 건강해지고
기쁨이 생기고, 행복해지는데
주님! 언제든지 나의 이야기를 들어주시는 분
새벽이고 밤이고 나의 이야기를 들어주시는
주님! 당신이 내 아버지라 감사합니다

엄마

양단 두루마기 곱게 입고 머리에 비녀 꽂고
하얀 고무신 신고 손에 하얀 가제 손수건 쥐고
길을 나서던 엄마 우리 엄마는 참 예뻤다
배움도 많고 꿈도 많았지만, 형편은 그렇지 못했다
우리 6남매 버리지 않고 아버지 의처증을 감당하시며
우리를 키워주신 엄마
아버지는 엄마가 너무 예뻐 의처증이 생겼을 거다
돌아가시기 전에 엄마는 찬송가를 부르셨다
"나 이제 주님의 새 생명 얻은 몸"
엄마 입에서 찬송가를 부르는 것이 처음이라
"엄마 그 노래 어디서 배웠노" 하니
어릴 때 서양 선교사한테서 배웠노라 하신다
통영 평림동(우루개) 엄마의 친정 동네에
엄마가 어렸을 때 선교사님을 만났으니
엄마는 아버지 무서워 교회도 못 가셨을까?
아버지는 우리를 주일학교 가라셨는데
아무튼 내가 일찍 예수님을 믿은 것은
서양 선교사님 덕분인 것 같다

중보기도

아무도 몰라도 좋습니다
그가 나를 몰라도 좋습니다
나만 그를 살짝 꺼내놓고
그를 위한 그림을 그립니다
십 년, 이십 년 후의 그를

이사야 45장 7절 (2023.8.3. 정성완 목사님)

'나는 빛도 짓고 어둠도 창조하며'
어둠이 있음은 빛의 맛을 보기 위함이라
어둠의 터널을 건널 때 빛이 기다림을 알았다면
조금 덜 힘들었을 텐데
그 어둠 속에서는 빛이 있음을 몰랐다
그 어둠의 끝에서야
빛이, 찬란한 빛이 기다림을 알았다

빛이 지금 당장 보이지 않는다고 낙심하지 말자
어둠이 빛을 찾아가기 전에 빛이 먼저 어둠을 찾아오도록
낙심하지 말고 인내하며
내 가정의 어둠, 내 속의 어둠을
날마다 그분과 속삭이며
평안도 짓고 환란도 창조하신
그분의 일하심에 감사하며 기다리자

냄새

"할머니 냄새가 좋아요" 하는 손자를 안고
엄마 냄새가 좋다 하던 딸을 기억한다.
교회에서 사회에서 나의 냄새는 어떻게 나고 있을까?
예순넷 나이에 맞는 냄새는 어떻게 나야 할까?
오늘도 그분의 냄새를 맡고 싶어 성경을 펼친다.
"주의 말씀은 내 발의 등이요 내 길의 빛이 나이다"

(시편 119편 105절)

생명

지난가을 베란다 청소를 하다가 벽 사이를 뚫고 나온 작은 풀
하나를 그냥 두었는데 오늘 보니 반 뼘이나 자라나 노란 꽃을
피웠다
손톱만 한 작은 꽃 한 송이를 피우기 위해 겨우내 차디찬 바람
과 싸웠을 작은 풀을 보며 이 작은 꽃보다 못한 나를 돌아본다
내가 물을 주지 않고 추위도 가려주지 않았는데 작고 예쁜 꽃
을 피워낸 풀 한 포기에서 하나님의 창조하심에 다시 한번 감
탄하며 나를 창조하신 그분이 나를 위해 예비하신 꽃은 어떤
꽃일지

탁기

하나님이 빚어 놓으신 나라는 그릇
오늘도 쪼인다. 미움에 돈에 원망에
가끔은 성령이 쪼아 주시기도 한다
내 마지막 날 주님 앞에 섰을 때
나는 어떤 그릇이 되어 주님을 맞이할까

삶 1

산다는 것은 숨을 쉬는 그것이 아니다
살아도 사는 것이 아닌 시간
내 마음이 가는 곳으로 간다면 숨을 쉴 것 같은데
무엇이 나를 조아 메는가
의리는 믿음은
이 또한 지나간단 것에 메여
내 영혼은 메말라 가는데
나는
나는 영혼을 파는 삶을 이어간다

마음

마음을 지킨다 오늘도
내 탓이 아니고 네 탓이라는 마음에서 내 탓이라고
십자가 밑에 내려놓고 돌아보지 말자면서
자꾸 마음은 내 것이 아니고 네 것이라고 하니
아 나는 아직도 한치 내 마음도
지키지 못하는 염소 되어 떠돈다

목사님

아들이 없어 서운했는데
아들 낳아 목사 만들지 않은 그것이 다행이다
딸 둘 주셨는데 사모 만들지 않아 다행이다
세상의 귀와 입보다 무서운 귀와 입이 몇 개인가?
나도 그중에 하나인데
남이 목사님 말하는 것은 싫다
잠시라도 멍때리고 쉬시라 하고 싶어
예쁜 잔을 골라봤다
이 잔에 녹차 한잔 이 잔에 커피 한 잔
드시는 동안이라도 쉬셨으면 좋겠다

삶 2

내가 사는 것이 아니다 그분이 후하고 불고나니
온 나라가 세계가 난리가 났다 난리가 났어.
이것이 전쟁이다.
유월절 어린양의 피만이
나를 가족을 교회를 나라를 세계를 살릴 수 있겠지
주님! 우리를 불쌍히 여기소서
죽일 놈의 코로나19

고난주간 (누가복음 22장 7~15절)

마가 엄마 다락문 열고

아들 친구 오너라 예수님 제자 오너라

먹을 것이 있는지 가족이 쓸 물이 남았는지

계산했을까

나는 오늘 쌀독에 쌀이 있고 라면 살 돈도 있는데

왜 움켜쥐고 펴지 못할까?

눈앞에 빚에 메여 그분이 행하실 일을 기대하지 못할까?

코로나19라는 고통의 주사는 무엇을 준비는 예방주사일까?

성령이여 깨우치게 하소서

8월 20일

이정재 목사님 수술하신 날
희망의 끈 놓지 마세요
희망이 있어요. 예수님이 하실 거예요
세상에 왜 하필이면
목사님이 간이 나빠야 하나요?
어린 생명을 얼마나 살렸는데 왜, 왜, 왜
주님! 또 그러시렵니까
감당할 수 있기에
이정재 너니까 하시렵니까

12월 11일

잠들었던 내 영이 깨어난 날 구원은 하나님의 선물이고
믿음은 성장해야 한다는 목사님의 말씀 속에 아멘 할 때
내 영이 깨어나기 시작했다
목사님의 말씀, 말씀마다 성령의 역사하심을 맛보고
시작된 기도
성령의 임재를 맛보고 '아멘' 할 때 내 등 뒤에서, 많은 사람이
기도하는 소리가 들려 돌아보아도 아무도 없고 또 기도하면
또 들려 돌아보아도 아무도 없었다. 마치 사무엘이 하나님의
음성을 듣고 엘리를 찾았던 것처럼 돌아보고 또 돌아보고 군
대 성령의 역사 하심을 맛본 오늘 여기서 멈추지 말고 분명 성
령의 역사 하심이니 주위를 돌아보지 말고 성령님만 생각하자
그분의 역사하심을 기다리자

근심·염려

'너의 염려를 주께 맡겨라'(벧전 5장7절)

차라리 눈을 뜨지 말았으면 내일이 없다면

눈감은 이대로가 천국이라면 그런 생각 해봤나요?

눈을 떴는데 오늘 짊어져야 하는 짐이 너무 무거워

제발 제발 시간이 멈췄으면

그래도 시곗바늘은 돌고 돌았고

 그 시간들 속에 주님이 함께하셨음을 고백하게 하셨고

지금은 너무 행복한 시간들인데

그 속에서도 염려, 근심하고 있음을 내가 욕심이 많은 걸까?

욕심, 염려, 근심이 나의 마음을 상하게 하기 전에 마음을 비우자

오로지 여기까지 오게 하심도

주님의 은혜임을 감사하며 살아가자

허물

간음한 여인에게 '죄 없는 자 돌 던지라' 하셨네
그 돌...
내 손에 잡고 쪼물랑 쪼물랑
나는 아닌데
니가 그래
니가 잘나면 얼마나 잘났어
하루에도 몇 번 생각하고 또 생각해도 내가 들어야 할 말은 아
닌데 전화할까... 참자...
병이 생긴다.
내 마음 아셨는지 목사님이 오셨다.
마음먹고 고자질하려는데 수제 집사가 왔다.
권사가 집사 앞에서 말 못하고 목사님은 가시고
수제 집사가 꽃병에 꽂아둔 노란 후레지아와 튤립이 어울리지
않는다고 따로 꽂으라고 한다.
그 순간 '맞다, 각자의 성향과 기질이 있는데 섞이지 못할 바
엔 혼자인 것이 좋을 수도 있다'라는 생각에 끓어오던 마음이
정리된다.

가짜 1

후레지아 시든 꽃 잘라내고 조화를 꽂았다
잎은 살았는데 꽃은 가짜다
진짜보다 예쁘고 시들지도 않는다
향기만 없을 뿐
뭇사람의 눈요기는 최고
주님이 주신 마음밭 같고
가짜로 살아도 진짜로 보인다.
그럴싸한 환경 적당한 재력 교회의 직분
향기는 향수로 대신하며
가짜가 맛 들여진 나는 진짜가 되고 싶어 몸부림치고 있다
주님이 주신 말씀의 향기에 살고 싶다
내 주위에서 예수님의 향기가 나는 그날까지
후레지아 노란 꽃이 져도 푸른 잎으로 만족하며
나를 주님께 의탁하며 조화를 뽑아내는 작업을 한다.

가짜 2

아무리 화려해도 향기가 없으니
벌, 나비는커녕 파리도 찾아오지 않는다
화려한 색으로 치장해도 생명이 없으니
뻐꾸기 둥지처럼
후레지아 조화는 오늘도 진짜 잎새 사이에 꽂혀 있다
잎을 살리려면 햇볕에 내놓아야 하는데
노란 조화는 햇볕에는 탈색될 테니 주인인 나는 난감하다
주님 나도 조화가 되어 있는데
나는 어떻게 하시렵니까
제발 살려주세요
이대로 두면 탈색되는 것이 아니고 녹아 버리겠는데
주님! 나의 부족함이 무엇인지 깨닫게 하시고
사람의 소리 듣지 않게 하시며
기도의 자리로 나가게 하소서

5부 아내의 글

바램

　우리는 늙어가는 것이 아니라 익어가는 것이라는 가사의 바램이란 노래를 임영웅이 부른다.

　듣다 보니 눈물이 흐름은 정말 우리는 늙어가는 것이 아니고 익어가는 것일까? 가사 하나하나가 시다 저 높은 곳을 함께 가야 할 사람 그 사람을 생각하며 흐르는 눈물 사십 이년 함께한 그 사람과 시간이 스쳐 간다.

　함께 걸어온 길 위에 웃을 날도 울 날도 있었지만 여기까지 올 수 있었던 것은 하나님이 우리와 함께하셨고 서로의 믿음과 사랑이 있었기 때문일 것이다.

　늙기는 늙어도 익어가며 늙어가는 모습을 자녀들에게 보여야 할 텐데. 그가 보고 싶다. 만지고 싶고 안기고 싶다.

한없이 그리운 시간들 속에 저 높은 곳 주님이 계신 곳에 함께 가야할 사람, 그 시간이 하루하루 닦아 오는데 주님! 하실 수 있겠죠.

우리 두 사람 한날한시 주님 앞에 가는 것 그렇게 되길 기도합니다.

성령

부산에서 자란 나는 초등학교 3학년 때 경남 고성으로 이사를 했다.

교회를 못 간다는 것이 싫었지만 말도 못 하고 이사를 하였는데 새벽이면 교회 종소리가 들려왔다. 땡땡~ 종소리가 나면 잠이 깼다.

초등학교 3학년짜리가 어떻게 그 시간에 잠이 깨졌을까 종소리만 들으면 눈물이 났다.

어느 일요일 교회 종소리를 듣고 마루에 앉아 울고 있으니 엄마가 "아가 울지마라 일요일이 장날이 되면 예배당에 데려다주마"하신다. 기다리고 기다리던 그 날 나는 엄마 손을 잡고 장터로 갔다. 엄마는 길을 잘 봐 두라고 하시며 삼거리에서 어디로 가는지 자세히 가르쳐 주셨다. 교회 앞에 나를 데려다주시고 올 때는 혼자 찾아오라고 하시며 바삐 가시던 엄마.

혼자 집을 찾아갈 걱정보다 교회를 왔다는 것이 좋았던 나는 그날부터 새벽예배를 다녔다.

교회 종소리가 들리면 나는 일어나 뛰었다. 전기도 없던 시절 깜깜함도 모르고 나는 뛰었다.

56살 부활절 아침

30대의 나는 나와 대화를 나눠 본 사람들은 나와 함께하면 모든 근심이 사라지고 희망이 생긴다고 했다. 나보다 20년을 더 살아 온 사람들도 "새댁 왜 새댁 애길 듣다 보면 용기가 생기고 뭐든 시작해야겠고 세상을 재미있게 살아야겠다는 생각이 들까?"했는데

쉰여섯 나는 어떤 사람일까?

내 삶에서 내 모습에서 내 언행에서 내 주위에 어떤 영향력을 끼치며 살아가고 있을까?

낮은 자의 마음으로 나누며 보듬으며 모난 나를 다듬으며 살아가자고 스스로 다짐하며 부활의 아침을 맞이한다.

천덕꾸러기

유월의 첫날 새벽

김덕분 권사님이 "이 꽃 좀 보소 한다." 가까이 가 보니 지난봄 화단 정리하며 아주 못 생기고 삐쩍 마른 화분 하나를 계단 뒤쪽에 두고 아무 관심 없이 화려한 꽃들만 보고 좋아했는데 시들어가는 꽃들 속에서 삐쩍 마른 선인장이 꽃을 피웠다.

화려해도 너무 화려한 꽃을 윤순조 권사님께 사진 좀 찍어서 보내

달랬더니 "그 천덕꾸러기가 꽃을 피웠다"라고 한다.

'천덕꾸러기'…

우리 주위에 우리가 보지 못하는 천덕꾸러기, 하나님이 화려한 꽃을 준비하고 계신 천덕꾸러기들이 많이 있을 텐데 우리는 눈앞에 보이는 화려한 꽃들에만 마음이….

유월의 첫날 한나처럼 우리의 마음이 주님께 있고 주님으로 인하여 우리의 자존감이 높아지며 우리의 입으로 기도하는 것마다 주님께서 응답하시는 권사님들이 되시길 기도하며 이 꽃이 주일날까지 피어있길 기도합니다.

하와

코로나로 가게 손님이 없어도 너무 없어 가게를 내놓아도 아무도 보러오지 않고 힘든 나날을 보내고 있는데 어느 날 오후 어떤 아줌마가 가게를 보러 왔다.

5천만 원에 50만 원, 비품비 따로 코로나 이전보다 좋은 가격이다.

좋은 조건에 가게가 나가게 됨을 감사하며 내일 오전에 계약하기로 하고 아줌마를 보내고 좋아서 감사 기도하는데 갑자기 이상한 생각이 들었다. 뭘 할 것인지 안 물어봤다.

얼른 쫓아가 여기서 뭘 하실지 물었다. 무당집 할거란다.

순간 이건 아니다 하면서도 너무 힘들고 어려운 시기라 지쳐가는 육신이 가감하게 노하지 못하고 "신랑에게 물어볼게요"했다.

하필 그때 김장로가 전화가 왔고

"니가 미쳤나 돈에 환장했나."했다.

'우리 집을 마귀 소굴로 만들래' 그 한마디에 모든 것은 정리되었고 하와를 이긴 아담 덕에 그때부터 일하기 시작하신 주님의 맛을 진하게 보기 시작했다.

바다에서 땅으로

배만 탔던 그이가 육지 생활을 시작하려니 운전면허가 필요했다. 황록색 색맹인 그이는 신호등을 구별할 수 있는데 책을 보면 구분하지 못해 운전면허가 나오지 않았다.

분명히 신호등은 구별할 수 있으니 동생과 의논하여 병원에 가서 색맹 검사를 할 때 같이 가서 동생이 수신호를 하면 대답하기로 하고 동행했는데 다를 때는 두 명이 들어가도 괜찮았는데 그날따라 혼자 들어오라고 했고 순간 그이는 '하나님 보여야 합니다. 이 땅에서 살려면 운전해야 합니다'라고 기도했다고 했다.

그런 후 책장이 넘겨질 때 또렷이 보이기 시작했고 운전면허를 얻게 되었다. 이전에 자가용을 가지려고 몇 번 시도했을 때는 보이지 않았는데 우리의 사정을 아시고 눈에 띄게 하신 주님을 찬양할 수밖에 없었다.

운전면허가 생기고 그이는 어판장에서 나무상자를 팔기 시작했다.

물고기 양식하는 축양장에서 사료를 먹이고 비운 상자를 수거하여 어판장에서 상자 장사를 하는 집에 파는 일이었는데 1톤차 한 차를 팔면 14만 원 정도 남았다.

하루에 2번 어떤 날은 3번까지 팔 수 있었다.

신기하게도 어판장에 사료 빈 상자 장사, 집이 3집이 있었는데 우리가 거래하는 집에서 관리하는 선단의 배만 만선을 하고 들어와서 다른 집에 상자를 파는 사람들의 부러움을 샀다. 상자 집에서 선금을 받고 상자를 나르며 금방 부자가 될 것 같았는데 어판장에 나무 상자가 없어지고 플라스틱 상자가 사용된다고 했다.

이제 무엇을 해야 할지 걱정이 되기도 했지만, 상자를 팔면서 요셉 때문에 보디발 장군이 잘된 것처럼 우리 때문에 상자 집이 잘 되는 것을 체험했기에 주님이 준비하신 것이 무엇일지 궁금하기도 했다.

그때 양식업 하시는 분이 어떤 한 동네 어촌계에서 냉동 창고를 지어 놓고 사용하지 않고 있으니 공동 운영을 해보지 않겠냐며 동업을 하자고 했다. 세 사람이 돈을 모아 공동으로 창고를 사용하자는 좋은 제안이었지만 냉동 창고를 이용해 사료 장사를 시작한다는 것이 이곳 통영 땅에서 쉬운 일만은 아니었다.

이곳의 정서는 선·후배, 친척, 사돈에 팔촌까지 엮인 사람들의 고리 속에 우리는 달랑 우리 부부와 내 남동생이 전부였다.

그동안 상자를 걷으러 다니면서 축양장 사람들을 알게 되었고 내가 어판장에서 있으니 사료 사는 일은 남들보다 쉽겠지만 정작 판매하기는 쉽지 않을 것을 알기 때문에 두려움이 앞섰다.

과연 이 일을 할 수 있을까 기도하기 시작했는데 마음이 편해지는 것이었다.

그래서 세 사람이 7백만 원씩 모아 동업을 시작했다. 사람을 의지하고 사료 장사를 하려는 우리의 계획은 하나님의 계획 앞에서 무너졌다. 양식장에 사료 하나 팔면 2백 원 남지만 내 인맥은 거기까지라 그것만 생각하고 있었다.

하지만 하나님께서는 뜻밖에 전혀 모르는 장어통발 미끼 장사를 열어주시는 것이었다. 나를 알지 못하는 사람이 우리의 미끼를 쓰겠다고 했다. 장어통발에 미끼를 팔면 개당 1천 원이 넘게 남기에 미끼 장사는 재미가 있었다. 인간의 생각으로 거기까지라 생각했지만 하나님께서는 더 많은 것을 준비하고 계셨다.

우리는 기도드렸다. 우리가 파는 미끼를 쓰는 배들이 물고기를 많이 잡아 우리 것만 쓰게 해달라고, 우리 사료들을 싣는 배들은 미신을 섬기기보다 하나님을 알게 해달라고….

처음에는 몇 개씩 팔리던 것이 어판장 옆에다 컨테이너를 갖다 놓고 기사를 둘만큼 커가기 시작하는데 1t 트럭 2개에 기사와 그이가 멸치를 싣고 통영 시내를 돌다 보면 주일 날도 일을 해야 할 정도였다. 주일은 기사는 쉬게 하고 혼자서 하려니 예배 시간에 지각하게 되고 때

로는 길가에 차를 세워두고 가까운 교회에서 멸치 냄새나는 옷을 입고 예배를 드려야 했다.

어느 날 우리 가게 앞에 큰 통발배가 정박하고 미끼를 싣는데 1천 개 정도 싣는 것을 보며 1개에 천 원씩만 남더라도 백만 원은 남을 텐데 저런 배 몇 개만 있으면 우리 남편 주일 지킬 수 있을 텐데….

우리는 온종일 두 사람이 돌아다녀도 100개, 200개인데 전화 한 통으로 일도 하지 않고 돈을 버는 큰 배 거래하는 사람들이 부러웠다.

큰 배 선주들과 거래하려면 그들과 술도 마시고 고스톱도 쳐야 하고 사무장들과도 친해야 하는데 우리는 아는 사람도 없고 예수 믿는 사람이 술로 사람을 살 수도 없었다.

"그래도 하나님 하나님의 방법으로 큰 배 주세요. 우리 김집사님 주일 지킬 수 있도록 큰 배 주세요. 주시면 내 통장에 한 번에 실은 돈이 천만 원 넘을 때마다 십만 원씩 주차장 헌금할게요."라고 기도를 시작했다.

정말로 하나님은 우리에게서 작은 배를 정리하게 하시고 큰 배를 주시는데 날마다 감사할 것밖에 없었다. 정말 한배에 한꺼번에 실은 돈이 1천만 원 내 통장에 들어오고 남편에게 주차장 헌금하자고 했더니 "이 바보야, 천만 원 팔면 천만 원 다 남나? 십일조하고 또 십만 원 하면 손해를 보고 파는 것도 있는데 십일조나 똑바로 챙겨라."하시는 말씀에 그렇게 지나갔다.

어느 날 교회에서 주일 대 예배 말씀 중에 받은 은혜를 나누라고 하신 말씀을 듣고 예배 후 여전도회 시간에 내가 회장이라 1부 경건회에 그동안 우리 남편에게 일어났던 애길 나누었다.

냉동 창고 수리를 하던 남편이 1층 옥상 정도의 높이에서 떨어졌는데 안전화 끈에 걸려 다치지 않았고 부산에서 3.5톤 차에 오징어 싣고 오다 내리막길에서 차가 넘어져 차가 뒤집혔지만 오징어는 안전지대에 떨어지고 남편은 하나도 다치지 않았고 교통, 순경이 와서 "당신 좋은 일 많이 했나 보오. 우째 차도 사람도 이래 멀쩡하오." 했다며 간증했는데 회의를 마치고 나오는데 기도 동역자인 김숙련 권사가 "임권사, 계속 나쁜 일이 생길 때 은혜라고 생각하지 말고 기도하고 돌이켜 봐라." 하신다.

'돌이키라고 뭘 돌이키라고 하지?' 철야 시간에 '하나님 김숙련 권사가 나보고 돌이키라고 하는데 무엇을 돌이켜야 합니까? 생각나게 해주세요'라고 기도하니 내 입에서 신명기 23장이 튀어나왔다 '뭐지?'하고 다시 기도하는데 또 신명기 23장 하신다.

함께 기도하던 청년에게 신명기 23장을 읽어 봐달라고 했다.

앞부분을 읽는데 나와는 아무 상관이 없는 율법에 대한 것들이었다.

그런데 신명기 23장 21절 '네 하나님 여호와께 서원하거든 갚기를 더디 하지 말라 네 하나님 여호와께서 반드시 그것을 네게 요구하시리니 더디면 네게 죄라', "서원하여 갚지 않는 것은 죄"라는 대목 앞에서 천만 원에 십만 원 생각이 났다.

집에 돌아와 남편에게 신명기 23장을 읽어보라고 했다. 역시 자기와 상관없는 말씀이라고 했다.

"서원하여 갚지 않는 것은 죄라고 했는데" 하니까 남편은 "나는 서원한 것이 없다"라고 했다. "아내가 서원한 것은 어떻게 하렵니까?" 하니까 "서원한 것이 있으면 부부니까 같이 지켜야지." 하지 않는가. 남편에게 천만 원에 십만 원 이야기를 다시 했고 나 혼자 서원한 것이었지만 우리 집 가장인 남편의 동의를 얻어 우리는 함께 서원을 지켜서 갔고 내가 아닌 우리 가정의 축복을 구할 수 있었다.

우리가 공동으로 사용하던 냉동 창고는 어판장에서 아주 멀리 떨어진 곳에 있었다. 그래서 주문을 들어오면 빈 트럭을 타고 30분 가서 물건을 싣고 또 배달했다. 조금 가까운 곳에 우리 냉동 창고가 있으면 좋겠다고 막연히 생각만 들때였다.

내가 일하던 가게는 10평 정도에 2천만 원 전세로 들어가 있었는데 이 건물에 냉동 공장을 짓는다고 잠시 가게를 비우라고 했다. 건물주의 공장이 부럽기도 했지만 당장 장사를 쉬는 것도 부담이었다. 건물이 다 지어졌는데 새 건물에는 내가 장사했던 10평이었던 공간이 1평 남짓한 가게로 바뀌었는데 그곳을 똑같이 2천만 원 달라고 했다.

어판장을 끼고 있는 요지라 작은 공간이지만 2천만 원 주고 다시 장사를 시작했다. 새 건물 꼭대기 층에 가 보니 집이 한 채 있는데 30평쯤 되고 나무 벽으로 되어 있고 양쪽으로 바다도 보이고 산도 보이고 좋았다. 하나님에게 '나에게도 이런 집 주시면 선교사님들 쉬어가는 집으로 만들면 좋겠는데요.' 그렇게 막연히 기도드렸다.

그리고 2년쯤 지나 주인이 다른 사람에게 건물을 팔았는데 왜 그렇게 화가 나는지 꼭 내 집을 팔아 버리는 것 같아 화가 났다. 그리고 또 3년이 지난 어느 날 가게 문을 열고 있는데 우리 건물 사장이 부도가 났다고 했다. 사장님이 통발배를 2척 가지고 있었는데 배 때문에 부도가 난 것 같았다.

순간 내 가게 전세비 2천만 원이 걱정되었다. 이제 겨우 안정이 되어가고 있는데 가게도 뺏길 수 있고 전세금도 못 받게 될지 모른다는 생각에 눈앞이 캄캄했다.

주인의 부도라는 어쩔 수 없는 상황에서 등기부 등본을 떼보니 은행에 2억5천 개인에게 1억, 가게 전세 우리 것이 2천만 원, 옆 사무실 전세 1천5백만 원 부채가 있었다. 또 건물주가 하던 통발배의 사료 외상이 8백만 원 정도 부채로 있었고 건물에는 아직 법적인 조치는 되지 않고 있었다.

아무것도 가진 것이 없는 나였지만 이 건물을 인수해야겠다는 마음이 생겼다. 주인을 만나 애기해보니 4억 7천을 달라고 했고 우리는 돈이 없었다. 2천만 원을 떼이느냐 건물을 인수하느냐 3일을 기도하고 형님을 찾아갔다. 돈 5천만 원 빌려달라고 하자 그 돈을 줄 테니 동업을 하자고 형님의 아들, 조카를 데리고 일하라고 하셨다.

돈이 급할 때라 마음이 어려워졌다. 믿지 않는 형님댁과 함께 운영하다 혹시 하나님 보시기 좋지 못한 방법으로 운영이 되면 어쩌나 우리 이 사업체를 하나님의 기업으로 바르게 쓸 수 있을까, 혹 형제끼리 돈 문제로 더 힘들어지지 않을까 하는 많은 생각이 들었지만 5천만 원은 절실했다.

또다시 3일 기도했다. 하나님께서 동업은 기뻐하시지 않는다는 마음이 들어 형님께 동업은 못 하겠다고 말씀드렸다. 2천만 원을 포기하려고 하는데 부도 15일째에 형님께 전화가 왔다.

5천만 원을 가지고 가라고! 친정 동생에게 5천만 원을 빌려 1억 원을 들고 법무사 채권자들을 불렀다. 우선 채권자들에게 2부씩 받고 있던 이자를 1부로 하자고 했다. 그리고 앞으로 3년 동안 법적인 조치를 하지 않겠다는 각서를 받고 은행 대출은 우리가 승계하기로 했다.

마지막으로 등기를 때보니 아직 아무런 법적 조치가 되지 않고 있었다. 법무사는 등기소에 등록하면서 시간을 기록하면 별문제 없다고 계약하라고 했고 우리는 계약을 했다.

그런데 우리가 법원에 등록한 30분 후 신용보증기금에서 압류를 해왔다. 30분 사이에 건물을 못 살 수도 있었다. 보증기금과 우리의 싸움은 우리가 이길 수밖에 없었던 것이었지만 부도 후 15일 동안 아무도 압류하지 않았다는 것이 이상했다. 하나님께 세밀하게 관여하심에 놀라지 않을 수 없었다.

빚은 큰 부담이었고 아파트를 팔아 빚을 갚고 우리가 건물 꼭대기 집으로 가려고 아파트를 내놓았다.

그런데 당시 7~8천 하던 아파트를 5천에 팔려고 해도 팔리지 않는 것이었다. 나는 교회에서 철야 예배하며 아파트를 팔리게 해달라고 기도하는데 내 눈앞에 플래카드 하나가 선명하게 보이는데 건물 꼭대기에 연안선교회 쉼터라고 적혀 있었다. 순간 내 머리를 스쳐 가는 것이 있었는데 이 건물을 새로 짓고 건물 꼭대기에 올라가 보았을 때 '선교사님들의 쉼터를 했으면 좋겠다'라는 마음을 먹은 것이 생각나 아파트 파는 것을 포기했다.

지금은 힘들지만, 하나님 앞에 마음으로 서원한 것도 지켜야 한다는 생각에 연안선교회에다 꼭대기 집을 내놓았다.

얼마 후 남편이 창고에서 일하다 다리를 다쳤다.

'이 건물 꼭대기로 이사했으면 엘리베이터도 없는 건물에서 어떻게 다녔을까?' 아찔하면서 집을 선교회에 준 것에 대한 미련을 싹 내려놓게 하시는 세밀하신 하나님! 전세금 2천만 원으로 5억짜리 건물을 사게 하신 하나님이심을 다시 한번 감사에 눈물을 흘렸다. 어판장과 집 바로 앞에 냉동 창고를 쓸 수 있는 덕분에 남편은 주일을 지키는 것뿐만 아니라 교회에서 기도하고 배우는 생활에 더 많이 참여할 수 있었다.

축복의 통로

한때 죽을 만큼 힘들 때가 있었다. 십 원짜리 하나가 아쉬울 때 나에게 빚진 선주가 외상값을 갚으러 왔다. 선주가 돌아가고 5분도 지나지 않아 한나호 선교사님이 오셨다. 거제가 고향인 선교사님은 가끔 오시곤 했는데 그날은 사모님과 함께 오셨다.

"사모님 거제 갔다 오시는 길입니까?"라고 물었는데 "아뇨 지금 아버님 생신이라 가는 길입니다."라고 했다.

그 말씀에 가슴이 요동쳤다. 선교선에서 내린 선교사 사모의 손엔 돈이 있을까?

시아버지 생신이라는데 성령님은 '네 주머니에 금방 선주가 돈 주고 간 것이 있다.' 하시고 나는 '하나님 나도 힘든데요'라고 답했다.

'니 주머니에 있다 아이가, 힘든데요', '있다 아이가, 힘든데요' 그 순간 왜 선주는 가만 있다가 오늘 왔는지 오늘 오려면 이분들 가시고 나면 오지 왜 지금 하필 와서 나를 이렇게 갈등하게 하는지 머릿속에 번개가 왔다 갔다 하는데 사모님이 해맑게 웃으시며 '집사님 갑니다' 하신다.

무슨 얘길 나누었는지도 모르겠고 그때까지 나와 싸우고 계신 성령님이 이기셨다.

내 깊은 곳에서 '어차피 너는 그것 가지고는 안된다. 아이가' 하시는 음성에 주머닛돈을 몽땅 사모님께 드리며 "사모님 미역이라도 사가세요"하고 보내면서도 선주는 왜 하필 그때 왔는가 원망했다.

세월이 지나 냉동 창고도 사고 사업도 잘되고 내 생에 봄날을 맞아 '주님 제가 무엇이기에 이렇게 사랑하십니까? 감사합니다.'하고 철야 시간에 울면서 기도하는데 나에게 뜻밖에 주님은 '니 모든 것을 다 줬다. 아이가' 하시며 그날 사모님 앞에서 갈등하던 나를 보여 주셨다. 그때 내가 만약 사모님을 빈손으로 보냈다면 나는 지금 어떻게 살고 있을까 아찔하다.

다시금 내 마음에 새긴다. 성령의 감동에 순종하면서 살자!

교회 간판 1

2023년 1월 6일

얼마 전부터 마음에 소원이 생겼다 김장로의 앞길과 교회에 대한 마음이 두 가지가 이루어지면 참 좋겠다.

2023년 1월 30일

김장로가 휴가 온 지도 10일이 지나간다.

1월 6일 시작한 기도 교회를 향한 마음이 이루어졌다. 내가 기도하고 김장로가 꿈을 꾸고 성령님이 원하셨던 것 같은데 교회에서 어떻게 결정할지 모르겠다.

어느 날 성전 기도를 하고 나오는데 교회 간판이 너무 오래되고 낡아 형편없음이 눈에 띄었다. 이광옥 권사님께서 간판이 왜 너덜거리냐고 했더니 아무 말씀 없이 한숨을 쉬셨다.

내가 알지 못하는 사정이 있나 보다 하고 집으로 왔는데 자꾸만 교회 간판이 아련했다.

내 눈에 들어왔으니 내가 해야 하는 것이 아닌가 하는 생각이 자꾸 나서 기도하기 시작했다.

그러던 어느 날 이광옥 권사님 동생 식당 개업 예배에 갔다 오는 길에 함께 탔던 성도들은 중간에서 내리고 담임 목사님과 나만 주차장에서 내리게 되었는데 나도 모르게 목사님, 저 간판이 왜 너덜거리냐고 물었다. 알고 계시는데 재정이 없어 손을 못 댄다고 하신다.

집으로 돌아오면서 내 눈에 띄었으니 내가 하는 것이 맞는데 '우리는 아직 빚이 남았는데' 이 생각 저 생각하며 '주님 어떻게 해야 합니까? 김장로 마음을 움직이게 해주세요' 기도하고 있는데 김장로가 항해 나가 있는 배에서 전화가 왔다.

꿈을 꾸었는데 마당이 넓고 우체통이 있었는데 우편함에 손을 넣으니 달러가 있어 달러 한 뭉치를 가지고 왔다고 했다. 꿈 얘기를 듣고 나는 넓은 마당은 교회 주차장이고 우편함은 아치형 교회 현관임을 알고 이 일을 우리가 감당하면 물질의 복이 오겠다는 생각이 들어 집에 오면 해석을 해줄 테니 집에 오라고 했다 그리고 며칠 후 김장로 꿈에 오징어 먹물 묻은 도마에다 싱싱한 도미를 놓고 도미가 뛰었다고 무슨 꿈이냐고 했다 오징어 먹물 색깔, 네모난 도마같이 생긴 간판, 그 위에 도미가 뛴다는 것은 성도를 상징하는 물고기, 이 간판 새로 하면 성도들이 좋아서 뛸 것 같아 또 와서 얘기하자 하고 김장로 휴가가 시작되었다.

주차장에서 현관을 자세히 보라고 하고 간판 색이 무슨 색이며 도마같이 생기지 않았느냐고 했더니 신기하다고 하면서 김장로가 우리가 감당하자고 하신다.

1월 31일

날마다 주님의 은혜가 신기하다 낮에 김장로와 병원 갔다 오면서 김장로가 간판도 간판이지만 십자가가 없는 것이 걸린다고 했는데 1시간쯤 후에 목사님께서 전화하셨다. 그리고 십자가 이야기를 하신다. 참 신기한 성령님께서 우리의 앞길도 인도하시리라 믿으며….

2월 1일

내가 왕궁의 이발사였습니다. 내 빚이 2천만 원인데 지금 내 통장에 2천만 원이 있습니다. 이 돈이면 빚 청산인데 주님은 1천만 원 내놓으라 하십니다.

목사님 말씀을 들으면서 '이 주일날 드리자. 현금을 찾을까 수표를 찾을까 내 앞에 앉아 있는 김장로가 견적을 받아보자면 어쩌지 주님 은화 하나를 모으려고 영과 육이 피폐해지는 이발사가 되지 말고 주님께 먼저 드리고 그분이 행하실 일에 기대하는 자 되게 하고서. 이것 받으시고 우리 부부 침해로 눕지 않게 하소서' 기도하고 나오는데 주차장에서 김장로가 이번 주일날 1천만 원 헌금하자 하신다.

순간순간 이어지는 여호와 이레를 맛보며 소름 돋도록 세밀하게 역사하시는 성령님께 감사 또 감사

4월 15일
뱃사람의 1년은 1월이 아니고 승선하는 달이 한해의 첫 달이다.

모든 제정의 시작은 승선하는 달로 시작된다.

원칙은 전번 해에 빚이 청산되어야 하는데 교회 십자가 때문에 1천만 원 남겨 놓고 승선했고 오늘이 첫 월급날이다.

김장로가 승선하고 4월 3일 통영에 있는 땅을 세놓고 회사에서 전에 없던 대명비가 나와서 빚을 다 갚았다.

한 해의 시작을 빚 없이 시작하게 하시는 주님의 역사하심이 오늘 첫 월급날, 나는 울 수밖에 없는 것은 너무나 세밀한 하나님의 은혜 때문이다.

교회 간판 2(앞서가서 일하신 주님)

우리가 교회 간판 헌금을 드리고 1년이 넘어갔는데도 간판은 제작되지 않았고 2023년 한해가 지나고 24년 본당 리모델링이 시작되면

서 목사님께서 리모델링 공사 때 간판도 같이 한다고 하셨다.

24년 4월 30일 김장로가 45일 예정으로 휴가차 하선하게 되었다. 그런데 회사의 부탁으로 6월 3일 김장로는 다시 승선하게 되었고 6월 23일 본당 리모델링 감사예배를 드리게 되었다.

아름답게 꾸며진 본당과 교회 간판, 김장로가 그려왔던 십자가가 모두 너무 멋지고 아름다워 감사 또 감사, 그것밖에 없었다. 집으로 돌아와 우연히 2023년 1월의 일기장을 보게 되었다.

23년 1월 6일의 일기에 '얼마 전부터 마음에 소원이 생겼다.

김장로의 앞길과 교회에 대한 마음이 두 가지가 이루어졌으면 좋겠다.'라고 적혀 있었다. 교회에 대한 마음은 '교회 간판'이었고 헌금을 해서 이루어졌는데 김장로의 앞길에 대한 것은 까맣게 잊어버리고 있었는데 오늘 왜 내가 일기장을 보게 되었을까?

그때 내 가슴을 요동치게 하시는 성령님께서 1년 6개월 전의 나로 데려다주셨다. 통영에서 부산으로 올 때 2년쯤 있을 것이란 생각으로 왔는데 2년이 지났고, 우리 나이로 70세가 넘으면 배 타기도 힘들 것이라 통영으로 돌아갈지…. 언제까지 배를 탈 수 있을지…. 많은 생각으로 기도했었다.

그런데 하나님은 우리보다 먼저 김장로의 앞길을 준비하고 계셨다. 지금 생각하니 휴가를 다 쓰지도 못하고 승선하게 된 것도 하나님의 계획하심인 것 같다.

24년 6월 3일 김장로는 자기가 하선했던 배로 승선했다.

뱃사람이 하선하여 새로운 배에 가게 되면 2~3개월은 고생해야 하는데 자기가 있던 곳으로 가니 수월하고 회사에서 기관장님 건강이 허락하실 때까지 오래오래 계셔 달라고 부탁하니 우리 나이로 72세인 김장로를 계속 일할 수 있게 하나님이 좋은 길 열어 먼저 승선하게 하시고 일주일 뒤에 교회 간판을 하게 하시고 23년 1월의 나의 작은 신음을 한꺼번에 이루어 주시려고 우리보다 먼저 일하셨음을 인정하라고 오늘 1년 6개월 전 일기장을 보게 하시고

'아, 주님! 당신은 너무 멋지십니다.'

초판 1쇄 인쇄 2024년 11월 27일
초판 1쇄 발행 2024년 12월 06일
지은이 임봉남, 김상용

펴낸이 김양수
책임편집 이정은
편집디자인 도서출판 맑은샘
교정교열 연유나

펴낸곳 도서출판 맑은샘
출판등록 제2012-000035
주소 경기도 고양시 일산서구 중앙로 1456(주엽동) 서현프라자 604호
전화 031) 906-5006
팩스 031) 906-5079
홈페이지 www.booksam.kr
블로그 http://blog.naver.com/okbook1234
포스트 http://naver.me/GOjsbqes
이메일 okbook1234@naver.com

ISBN 979-11-5778-675-6 (03800)